14歳、思春期バトル

Tagami Ai
田上藍

築地書館

14歳、思春期バトル

自分でもあの時なぜあんなに熱かったのかわからない。
そんな自分が今では恋しくなる。あの時いろんな感情があった。
何に関しても考えすぎてた。そんな自分があの時は嫌いだった。

でも今では、もうあの感情はもどってこない。

あの時の痛みが忘れられない。
この本を書くにあたって昔をあらためて思い出した。
あの時の気持ちと同調する。心が締《し》めつけられて重くなる。
心の痛みの原因がわからない。
肩がからだ全部が重い。
動けなくなってしまうほどだ！

他人に私の気持ちをわかってほしいなどと思わない。私は私だから。
でもどこか寂しくて、自分以外の誰かにわかってほしいなんて
考えそうになるのを必死で隠して過ごしている、
プライドの塊《かたまり》だった私がいた。
人を見てかっこいいな、なんて思っても、
認めたくない汚い素直じゃない私がいた。

私には無条件に愛してくれた人がいた。
だから私は、今、この世に存在してるんだろうなと思う。
親にも無条件で愛されていない子がこの世界にいる。
「皆平等」なんて絶対にない。
ただ一人だけでも無条件に愛してくれる人が、一人に一人、絶対いたら、
この世の中は、なにかしら違うんだろうなと思う。

プロローグ

現在私は高校二年生という肩書きを背負っている。

ここまでたどり着くには、私も母も、大変だった。時間に身をまかせたなんてもんじゃなかった。

中学生になると同時に、私に壮絶《そうぜつ》な思春期がやってきたんだ。

私自身も含めた人間のきしょさを知り、先生とのバトル、親とのバトル、友達とのバトル、彼氏とのバトル、警察官とのバトル。いろんな人間とバトってきた。そして私自身とも常にバトルを繰り広げてきた。

違いすぎる私と母の生き方から、大人に否定されてきた私がいた。でも負けん気の強い私は、周りの大人に自分自身を認めさせてきた。

もちろんわかってくれる人がいるように、どれだけ自分をアピールしてもわかってくれない人もたくさんいた。

私たちを不良と決めつけ、いいとこなんかまるでないかのように私たちのことを見てきた大人が数々いた。

「子ども」「不良」の二つの言葉でかたづける大人たちに、いつもいらだっていた。

自分が不利だとわかっていても関係なかった……「勝手にそう思っとけ」とは、私はならなかった。だからいつも大人とバトってた。


思春期の真っ最中にいた私は、その中から出たいと、もがき苦しんでた。

それが今では、あのころの思い出が一番の宝となっている。

そしてあのころを懐《なつ》かしく思い、もうもどれない過去が今ではいい思い出となっている。

希望校に合格して高校一年の夏休み、母と二人でラスベガス・ニューヨークに行った。母と二人きりの海外旅行は久しぶりだった。母にどこに行きたい？と聞かれて、小学校の時に行ったラスベガスに楽しかった思い出があり、ラスベガス。ミュージカルを見たいため、ニューヨークに行くことにした。

この旅行で母とはいろんな話をした。昔お互いが抱いていた本音を語る機会となった。

ニューヨークで私の中学時代の話をしていたとき、「あの時の藍《あい》の気持ちはどうだったの？」と母に聞かれた。そこから話は盛り上がり、母から私の体験・気持ちを文章にすることをすすめられた。

自分の本を出すなんて思ってもみなかったし、自分の体験したことは自分の中に置いて満足していた。でも、私みたいな子どもを持って悩んでいる親、私が苦しんでたように思春期の波に巻きこまれている子どもがいるなかで、私は今、真ん中で立っている。

この本は、あくまで自分の経験にもとづいて、書いている。奇麗事《きれいごと》なんか一つも書いていない（人物の名前だけは仮名にしました）。

私の本を読んでる時間だけは、しんどいのを忘れて「そうなんだ〜」とか「だよね〜」とか「そうかな？」とか独り言を言ってもらえたら、うれしい。

この私の本を読む時間だけでも解放感に満ちあふれ、独り言を言ってもらえれば満足だ。

二〇〇三年一月

もくじ

Ⅲ

I

入学式

新しいちょっと大きめの制服に身を包んで入学式に臨《のぞ》んだ。

新鮮感いっぱいだった。

貼り出されたクラス発表を見て、みんなが騒いでた。私は小学校の友達と地震のため離れたから、少ししか知っている人がいなかった。だから、クラス発表を見てもみんなのようにははしゃげなかった。

保育園の時の幼なじみが、同じクラスの友達を紹介してくれた。その子も私と同じく大きめの制服に身を隠していた。みんなが同じ人間に見えた。でも私一人、みんなと違うところがあった。

私は指定の白い靴じゃなく、エアーのナイキの靴をはいていた。

私は指定の白で短いソックスじゃなく、小さいルーズをはいていた。

これでも遠慮して白系の靴をはいたし、小さいルーズだったのに……。

体育館で行進してるとき、私が通ったすぐ後ろからこんな声が聞こえてきた。

「一年で、しかも入学式そっこうルーズは、はかさんやんなあ〜」

三年の男子だった。こんなこと言っている先輩を見てびっくりした。しかも男子がこんなことイチイチ言う生き物なんて思っていなかった。私の中で、男っていうのはさっぱりしていると思っていたから。

廊下を見ると右側に男子がかたまっており、左側に女子がかたまっていた。異性関係なく仲良くやってた小学校の風景とは違い、そのギャップの大きさがショックだった。異性を感じ出すころなのかもしれない。

これがまず第一歩だ。

なんか初日から中学という空間が独特なものだと感じた。そして私はあまりこの空間が好きになれなかった。とてもおもしろくない一日で、私の中学生活の幕が開いた。

裏切り

女というのは独特な生き物だ。女同士に嫉妬《しっと》をし、同性をいやらしい意味じゃなくて独占したいと思う。自分だけの友達でいてほしいと願う。自分だけの友達でいてほしいと願うから二人だけの秘密をつくる。人の悪口を共通に……「誰にも言ったらあかんで！　絶対に二人だけの秘密やで」って……。

自分以外の女友達にとられたと思ったら、汚いことをしてでも取りもどしたいと思う……。

私にもそんな経験がある。

中学校に入ってちょっとしたころの話だ。

小学校の時にそんな経験がなかった私にとって、免疫《めんえき》と知恵がなかったんだと思う。免疫と知恵というのは「人を疑う心」だ！　今から考えれば本当にばかだったと思う。今の私とは全然違って、あのころの私は「人を疑う心」なんかなかった。

「人を疑う心」と聞くとあまりいい響きじゃない。でも、これは、奇麗事など言ってられない今の世の中を生きていくには、自分の身を守るために大切なもので、絶対に必要なんだ！

私は、阪神《はんしん》・淡路《あわじ》大震災のあと、小学校三年の時に引っ越しをした。だけど引っ越し先の小学校ではなく、もといた地区の小学校にそのまま通っていたため、中学校からは小学校の友達とは別の学校に通うことになった。それでも、保育園の時の友達、地震で引っ越した友達、昔小学校が同じで引っ越した友達など、何人か知っている子もいたため、中学校でも少数ではあったが友達はいた。

転地学習とかがあって、落ち着いたころ、私は三人グループの中にいた。私はほかの二人とは小学校が違う。小学校での仲良し二人組の中に私が入った！みたいな感じだった。最初のころは何をするにも三人でいたけど、じきに一人の子とずっと一緒にいるようになった。

グループに奇数は難しいものだ。女というものは男と違って、どんだけ仲が良い友達がいっぱいいても、特定の一人の友達をつくるものだ。いわゆる親友とやらいうもんを……。仲良しグループの中でも、グループで一番仲が良い「一番」をつくりたくなる生き物だ！　だから奇数は難しい。一人あまってしまう。そこに一つの嫉妬が生まれるのだ。

もう一人の子がやきもちをやいたんだろう。「藍にユリをとられた！」そんな加奈《かな》の気持ちも知らず、私たち二人は加奈の悪口を言っていた。

ある日のことだ。「加奈のグループにユリも来る？　おいでや！　ユリも藍といるよりこっちに来たいやろ⁉」と、加奈からユリに電話があったらしい。次の日、ユリから電話があったことを聞いた。

「行きたくないし、藍とおりたいねんけど、『行きたくない!』なんか言えないから、『行きたいけど藍がいるから!』って、ちゃんと断ったからね」と言われた。

その時はすごくうれしかった。「加奈より藍のんが好き」と口では言ってたものの、まさかそれを行動に移してくれるなんて思ってもみなかったため、うれしかったのが記憶にある。

それにユリは何でもできる子で、スポーツも勉強もできて、おまけにしっかり者で性格が良い!ってみんなから言われてて、小学校のころから一、二番目にもてるような子で、男子からも女子からも人気者だった。そんな話をいろんな人から聞いていたため、「この子は優しい子だから、きっぱり無理だと言えないんやろうな」と思っていた。

あのころは純粋だったんだろう。そんなユリの言葉を何ひとつ疑わず、逆に喜んでいたんだから……なんともノーテンキな私だ。

ユリはきっと、どっちに転んでも悪くならないようにしていたんだろう、考えてみれば加奈にも藍にもどっちにもいい顔していたんだ！　頭がほんとうによくきれる子だ！

もう一人仲良くなった子（綾乃《あやの》）がいて、その子にもいろいろ話していた。なんの疑いもなく……。何を言ったのかよく覚えていないけど、たいした話はしてなかった。たぶん加奈の悪口をお互い言っていたんだと思う。

なぜそう進展したのかよくわからないけど、ある日加奈から呼び出された！　私はわけもわからずに行った。そしたらそこに、加奈を中心に加奈のグループの子がいた。その中にユリも綾乃もいた。そこに行ってだいたい状況が読めた。

ユリと綾乃が、私との内緒話《ないしょばなし》を加奈に話したんだろう。自分たちも一緒に言っていたことなど棚に上げて。

加奈を中心に、なんだかんだいろいろ言われた。しょうもないことや、矛盾《むじゅん》していることや、わけのわからないことをいろいろ言われた。私が反論しようとしたら、

「そんなこと聞いてないねん！」で、すぐかたづけられる。

たんに加奈たちは、自分のムカツキを言いたかっただけなんだろう。私はむかつくというよりは、あきれかえっていた。

私は、加奈に何を言ったら加奈が一番ダメージを食らうだろうと必死で考えた。私もそんなに気が長いほうではない。でも、ここでどなり返したら意味がない！と子どもながらに考えていた。敵がいっぱいいるなかで、私一人がどなり返しても、怖くもかゆくもない……私は考えた……

「ほんで結局何が言いたいん？」

と、一言、呼び出されたことが何もこたえてないかのように落ち着いて言った。

こんだけイライラしながら言っているのに、相手が落ち着いてたら、人間は心理的にむかつくだろう。それに私のたった一言の質問に答えられるはずがない。理不尽《りふじん》に自分のムカツキだけを押しつけてきてる相手に、口で負ける気などしなかった。

案《あん》の定《じょう》、加奈は言い返すことがなくなったのか、「なんなん、あいつ」とか言いながら、「行こうや」と言って、みんなでどこかに行ってしまった。

ほかに友達はいたし、別に悪質ないじめなんかもなかったし、全然平気なはずなのに、一番仲の良かった、一緒にいた人を失ったつらさじゃなく、裏切られたということに子どもながらに深く傷ついた。裏切りを目の前で見たり、話を聞いたりはあったけど、自分が実際裏切られたことはなくて、初めて裏切られたときの心のつらさを知った。女同士の嫉妬深さに恐怖を知った。女のきしょさ、女の怖さ、裏切りを知ってしまった出来事だった。

登校拒否、一歩手前

私は学校に行くのがすごく嫌になった。友達がいないわけでもないのに、この前の出来事のショックが大きかった。それでも私は学校にはとりあえず行くようにした。母に心配かけたくなかったし、こんなことで学校に行かなくなるような自分が嫌だったし、小学校で明朗・活発な少女だった私のプライドが許せなかった。今から考えてみると、こんなガキのころから私はプライドが高かったんだなあ~と思う。

母にはなんとなくだけ話した。母にはなんでも言っていた私なのに、今回のことはくわしく話せない自分がいた。母が私を見てる、活発な私のイメージがつぶれる。恥ずかしい。

母は、「行きたくなかったら、行かなくてもいいよ」と言ってくれていた。アメリカンスクールに行くことを考えてくれたり、小学校の友達がいる中学に行くことなどいろいろ考えてくれた。「お母さんの仕事に藍もしばらくついてくる?」とも言ってくれていた。

それでも私は学校に行っていたけど、それは母がそう言ってくれて、ちょっとだけ心に余裕が持てたからなのかもしれない。いざとなったときの逃げ場を見つけたからだ!!

子どもが「学校に行きたくない」と言ったら、たいていの親は理由を聞きたがる。理由を言わないと休ませてくれなかったりする。時には、話してもそれでも休ませてくれなかったりする。なかには「お腹が痛い」などと仮病を使う子もいるだろう。もしなんかへんだなぁ~っと思ったら、理由を無理に聞かないであげてほしい。なかには理由を話さない子だっているだろう。話せない子だっているだろう。

「行きたくなかったら行かなくてもいいんだよ」と一言、言ってあげてほしい。心に余裕をあげてほしい。

登校拒否になるのはいろんなケースがあると思うけど、心に余裕がなくて、せっぱつまっていき、ためすぎたからだと思う。だからせめて親が心にゆとりをあげてほしい。子どものゆとりが親であってほしい。そうじゃないと子どもは本当に学校嫌いになるだろうし、人間嫌いになってしまうと思う。

こんな時に親がみんなと同じことを言って、自分の子どもを認めてあげないと、「みんな大人はこんなんや！　みんな人間はこんなんや！」って、なっていくんじゃないかと思う。


人によっていじめの基準は違う。私の出来事にしたって、私が体験した出来事をいじめだと感じる子もいるだろうし、私みたいにこれはいじめだとは思わない子もいる。

じゃあ、どこからがいじめだと言えるのだろうか？

どんだけしょうもないことも、どんだけすごい内容でも、被害者がいじめだと感じたらそれは立派ないじめになる。だから加害者がいじめてるつもりでも、被害者がいじめと感じなかったらいじめにならないし、加害者がいじめてるつもりがなくても、被害者がいじめられてると感じたなら、それは立派ないじめということになる。だから、この私が体験した出来事はいじめじゃない。私がいじめと感じてないのだから……。

何が言いたいのかと言えば、周りが「それはいじめじゃない！」と言っても、その本人が学校に行きたくないほど嫌だと感じるなら、学校に無理に行かせることはない。親が、そのぐらいのことなら学校に行きなさいと判断するのはおかしい。その子にとって「そのぐらいのこと」じゃないんだから。

判断するのは本人だ！

一生の中のたった一部分で、一生をだいなしにしないで！

学校でのやすらぎ場所

多い時で一〇人、少ない時で三人、出たり入ったりしながら、グループに落ち着きのない中一時代だったけど、中一の終わりごろから、タバコを吸うメンバー五人のグループになっていた。

その五人グループのやすらぎの場、それが三階の女子トイレだった。きまって、毎休み時間、いつもの五人グループ、いつもの場所。三階の女子トイレでタバコをふかす、それが中学校生活での習慣。トイレでべたっと座りこみ、ありふれた会話で盛り上がる。そういえばいろいろけんかもしたけど、なぜかトイレではしなかったな。きっと三階の女子トイレは楽しい場所、落ち着く場所で、トイレの中はいつも笑い声で満たされていたな。

周りからみれば汚い場所が、なぜか五人の中ではやすらぎの場所。だって汚くなんかないんだもん!! 五人だけのトイレだったから、便だってするのは五人だけだし……。

きっと私たちのいないとき、ほかの子も使っていたんだろうけど、私たちが見てる限りでは五人だけのトイレ!!

教室が三階なのに、三階のトイレは私たち五人で占領ときたもんだから、きっとほかの子はいい迷惑だっただろう。たまにトイレに私たちがいるか、のぞきに来た子がいた。その時はトイレに入るのを許可して「入っていいよ」って言ったときもあった。私たちが許可しないと入れない、こんなおかしな話はないだろう。

でもほかの子を許可して入れてあげても、使うのは一番目のトイレだけ。使わせないっていうことでもなかったんだけど、自然と相手もこっちもそういうふうになっていた。

三階の女子トイレは私たち五人のものだ！って……。

チャイムが鳴っても気づかず、そのまま終わりのチャイムがなり、給食！なんて日もざらにあった。やすらぎすぎだろう。授業に出てもトイレが恋しくなり、授業を抜け出してトイレに行ったりもした。それだけ私らにとってあの三階の女子トイレはやすらぎの場所だったんだ。

ただタバコを吸うためにトイレに行くならまだわかるが、朝学校に着いて、コンビニで買ってきたペットボトルを左手に、タバコを右手にかんぱい!! 学校生活の始まりもトイレから!!っていうほどだ。学校のみんなのトイレが私たち五人のものになっていた。

周りがどう言おうと、私たちにとっては学校でのやすらぎ場所、学校での私たち五人の部屋、それが三階の女子トイレ!!

束縛

ある日夜中に家の電話が鳴った。

……こんな夜中に誰だろう……

夜中に電話していることを母に気づかれないように、こっそり電話口に「もしもし」と小さな声を出した。

そしたら加奈だった。加奈の家にあみのお母さんから電話があったみたいで、あみが夜中に出て行ったけど行き先を知らないか?とのことだった。世話好きの加奈は親のかわりに捜している様子だった。

「藍の家に行ってない?」

もちろん私は一人でいる。こんな夜中に友達が来るなんて無理な話だ……。

「おらんで」

「藍も捜しといてくれる？　電話かけても出ないねん」

「わかった！　こっちからも電話しとくな」

すぐにあみの居場所はピンときた……あの時の人だ……

その後、あみの後を追うようにして、さやもいなくなった……私は自分の中で確信を持った。

＊

「さっきはゴメンな」

母と母の事務所のスタッフとさやとお好み焼きを食べに行った帰り、さやが誰かからの電話をとり、私から離れて何かを話していた。

「今から言うこと絶対誰にも言わんといてくれる？」

内緒話っていうのは何かとあとあとややこしいものだ。でも聞かないわけにはいかないし、そこまで聞いたら私も何の話か気になる。

「うん。言わへんけど……」

「あんなぁ〜、この前あみと夜暇やからぶらぶらしてたんやんかぁ〜、ほんなら二人の人にナンパされて、その日その人らと遊んでてん」

「まじで？　何もされへんかった？」

「うん。普通に寝てただけ」

「親は大丈夫やったん？」

「あみの家はややこしかったけど、とりあえずは大丈夫やった」

正直かなりびっくりした。私は大のナンパ嫌いだ！　まさか、さやとあみが誘われてついて行くとは思っていなかった。何もなかったっていうので本当に安心した。無理矢理やられたとかじゃなくて、本当に安心した。私のイメージではナンパなんかしてくるのは大概ヤリチンだ。レイプなんかされなくて本当に安心した。ってことはさやは何が言いたいんやろう!?

「で、どうしたん？」

「それでなぁ〜、今日の夜、ナンパしてきた人にあみと一緒に会う約束してるんやんか」

「そうなん？　今から？」

「友達と三人で来るらしくてな、友達誘っといてって言われてんけど、藍も一緒に来ない？　嫌やったらいいねんけどな……」

誘いだった。私には彼氏がいる。男と遊ぶなんてもってのほかだ。

でも、さやとあみから私にそんな誘いを言ってくるなんてびっくりした。

私はグループの中でも大のナンパ嫌いだ！　しゃべりかけられても、いつももちろん無視だ。まったく知らない男としゃべるなんてお断りだ。しかも何の目的なのかもわからない。そして彼氏にはかなり怒られる。怒られるなんてものじゃない。あとあとめんどくさい。

そのことをさやとあみは知ってる。しかもこんなことが加奈にばれたら大変だ!!

加奈とはいろいろあったが、そのころは仲良くなっていて、同じグループにいた。

加奈と特に仲が良かった私に言うのは、かなり勇気がいっただろう。それを裏切るなんてできないし、いくら仲が良くても秘密の一つや二つはある。グループ内で内緒はつくらない約束だったけど、私はさやとあみと内緒にする約束をした。私がこの話を加奈にしたら、ややこしくなるのは目に見えてる。

二人とも遊びたいんだなぁ～って思った。私たちのグループには束縛《そくばく》とかがあったため、あまりはじけれなかった。遊びたい気持ちは私でもわかる。周りからすれば十分遊んでるのかもしれないけど、もっともっと遊びたかった。私ももっと遊びたかった。でも男と遊ぶのは嫌だ。だから、

1・私に彼氏がいることは言ってもらうこと
2・私はしゃべらなくてもいい。無愛想《ぶあいそう》にしててもよい
3・あまり長くはいないこと

この三つを条件に行った。断ってもよかったんだけど、せっかく勇気をもって言ってくれたのに悪いし、これで私が行かないと、「藍、しゃべるんちゃうん？」と思わ

れても嫌だ。私も行けば共犯になる。安心させたかった。

行っても私は無愛想に、ただいただけだ。二人とも三つの条件は守ってくれた。帰り道三人で話した。二人は生き生きしてた。楽しそうに話してた。

そこまでは別にたいしたことはなかった。問題なかった。

そのあとが問題だった!!

＊

二人は私からの電話にすら出なかった。加奈と一緒にいると思われてるのかな～と思いメールした。

「あの時の人のとこやろ？　私からの電話だけでも出てや！　誰にも話してないから……ほんまに一人でいるから」

それでも二人から返事はなかった。電話に出てくれることも、メールが返ってくることも……。あとから聞いた話だと、電話が鳴りすぎて私からのメールが届かなかったみたいだ。

このことを二人を捜してる人たちに言うか、すごく迷った。あの時のナンパしてきた人たちといることが、まだ決まったわけじゃない。でも私はなんか確信を持ってしまっていた。

できれば話したくなかった。二人が私のことを信用して言ってくれたことだし、裏切りたくなかった。でも私の連絡すら無視するとはどういうことなの？って思ってた。

それから加奈が迎えに来て、夜、私もみんなと二人を捜した。

私が話さないと話が先に進まないし、加奈は泣き疲れてぼ〜っとしていた。そんな姿を目の前にして、二人からは連絡すらこない……

何をしてるの？　こんなにもいろんな人が動き回ってるのに……

それから何度もメールしたが、いっこうに返事のくる様子はなかった。何時間してもメールはこなかった。

「もう連絡こないから言うで！　言ってもいいってことなん？　まだ何も言ってないから連絡して」と、もう一度送ってみた。

それから何時間してもまだ連絡はこない。もう言うしかなかった。言いたくはなかったけど、こんなにもみんなが心配してて夜じゅう捜しまわって、私も捜してる中の一人なのに、言わないわけにいかなかった。

「待ったけど、もう言うな」の一言をメールして、話した。

「もしかしたら……」

もちろん自分がついて行ったことも、話した。

そのあと、関係ない人のケイタイを借りて電話したところ、あみは出た。今まで何時間もずっと私たちの電話をぶちっていて、心を開いてくれていると思っていた私の電話にすら出なかったのに、ほかの人の電話は出た。

なんか淋しかった……一生の友達じゃないの!?……

その日二人は帰って来なかったが、次の日やっと帰って来てくれた。私たちは二人を駅まで迎えに行った。それから二人はいろんな人からかなりお説教をくらったが、誰に説教されてもどなられても、歯をくいしばって声も出さなければ、泣くこともなかった。親が迎えに来たときに、はりつめた糸が切れたのか二人は顔をぐちゃぐちゃにして泣いていた。

初めから二人はややこしくなることなどわかっていたはずだ……。それでも、しばりつけていた周りに、少し反発したかったんだろう。

最後まで泣かなかった私の友達は、きっと後悔なんかしていないだろう。泣かないで最後まで歯をくいしばっていたのは、最後まで責任を持ちたかったのかもしれない。それが彼女たちのけじめのつけ方だったのかもしれない。

あとから聞いた。

「絶対泣かないって決めていた。悔《くや》しいから、何がなんでも泣きたくなんかなかった」と、二人は自信を持って言っていた。

大事だからとしばりすぎて失うなら、大事な人に少しゆとりをあげて、自分の近くにいてくれたほうが絆《きずな》は強い。

母と私はセットじゃない！

トイレでタバコを吸っていたある日のことだ。先生にタバコが見つかって、校長室に呼び出された。

入って右側のソファーに私たち、左側のソファーに担任や生徒指導の先生、真ん中の奥に校長のデスクがあった。

話し合いが始まった。たかがタバコごときで、二年生全クラスを自由授業にしてまで先生たちが集まり行う、いつもと同じように延々続く意味のない話し合い。

私たちは早くすませるために「はいはい」聞いているふりをする。最初のころは、意味もなく話がのびるだけなのに、先生にむかついて、どなり散らしていた。このころはほんの少しだけ利口になっていた。

先生の怒った顔を見ると笑けてしまう、こんなしょうもないことで必死になってい
る姿がおもしろくて……誰かが「クスッ」とするとみんな笑けてしまう。そしたらま
た先生がよけい怒って、話が長引く……だから私たちは、いつも呼び出しをくらった
ときに約束をしていた。「絶対笑わんといてな！　あっしも笑ってしまうから！」と。
なんせ早く話し合いを終わらせることで頭がいっぱいだった。自分たちが悪いこと
をしたことなど気にもとめず……。
先生が話をしている途中で校長が入って来て自分のデスクに座った。それからちょ
っとしてから、先生が話してるのを割って口を開いた。
「田上《たがみ》！　お母さんはあんなに立派なのに、なんで子どものおまえはそんなんやね
ん！」
私のすごく嫌いな言葉の一つだ。でもいつも何かあるごとに言われ続けていた。私
はそんな大人が言う言葉に慣れを感じていた。でも何も知らない人で、しかもそれが
大嫌いな校長に言われたとくるものだから、すごく腹が立って、

「何も知らんのに言うなや！」

とどなっていた。「はいはい」作戦は失敗だ。そしたら校長が一冊の本を出してきた。

「この本を読んでみなさい！　こんな立派なお母さんに迷惑ばかりかけて、お母さんがどれだけ困ってると思ってるねん！」

校長がなんたらかんたら言ってるのを無視して、校長が差し出したその本を手にとった。わざわざご丁寧《ていねい》にチェックまでしてあった。

母がその本の解説のところに私のことを書いていた。書くのはいいけど、一言私に言えよ！　こんなわけわからん人にいきなり見せられて、ここで初めて自分のことが本に載っていることがわかって、「今の私の気持ちはどうなる？」「これじゃあ校長の思う壺やん！」と、母に対していらだった。なんだか母と校長がグルになってるような気持ちだった。私のプライドを踏みにじられた気分と、二人へのムカツキのあまり、校長室のドアを思いっきり閉めて出て行った。

私の母は、確かに立派な人だ！　私も立派だと思う。でも「立派な人の子どもがなぜおまえなんだ？」ってどなられても、はっきり言って知ったこっちゃない。

私は自分がいたいからここにいるだけなのに……。その自分がいたい場所を周りに否定されるのはかまわない。価値観の違いだし、周りからしたらいい目では見られないと思う。それもわかる。

ただ、母のことを言われても、じゃあ立派な親に生まれた子どもはまじめにしないといけないのか！って話だし、わかりやすく反対に言ったら、立派じゃない親に生まれた子どもはまじめにしなくてもいい、不良になってもいい！って話なのか!?　そんなおかしな話はない。はっきり言っておかしい。それこそ「子どもは親を選べないのだから」。

だいたい立派っていうのは何を基準にして言ってるのかわからない。

たとえば、子どもをしばいて虐待《ぎゃくたい》してる親でも仕事では立派に頑張《がんば》っている、それが立派な親と言えるのか……？　仕事では尊敬される地位についていても、仕事ばかりで家のことは何もしなくて家庭をほっときっぱなし、それが立派な親と言えるのか……!?

実際この校長だって、近くの荒れてた中学校をまじめにしたらしくて、教育委員会がうちの中学校が荒れてるからこの校長だったらっていうので、私が二年生の時に来た。あの校長はすごい！と世間から言われ、尊敬されて立派立派と言われている。けど、子どもの目から見たら、私には尊敬できるかけらのひとつもなくて、はっきり言って立派だと思わないんだから!!

私の母は「女性と子どもの人権」をテーマにした仕事をしている。女一人で頑張ってきて、今の地位に立っている。私も立派な女性だと思う。一人の女性として尊敬している。でも内側を全然知らない赤の他人、そのころ母とバトルの最中にいたため、母に対するムカツキがあるなか、しかも私の嫌いな校長に言われたときたもんだから、すごく腹が立った。

何を基準にして私の母を立派だと言っているのか。女性なのにここまで頑張って、男性以上に働いて、男性以上の給料をもらって、人から尊敬される仕事をしている！

「女性として、一人の大人として、おまえの母は立派な人だ」って言われるなら「そうやで！　私の母は立派な女性や‼　立派な大人や‼」と言えるが……。「立派な親の子どもになぜおまえみたいのが」って、そこに結びつけるのがおかしい。

しかも、母も簡単に今の場所にいるわけでもない。苦労していろんな経験を積み重ねてきて今の母がある。そこで私に同じになれって言われても、はっきり言って無理な話だ。たかが一三年しか生きてないガキに！

立派な親を持つ子どもだから「まじめにしろ」って言われても、母は母だし、私は私。母の進む道と、私の進む道は違う。

母と私はセットじゃない！

プチ家出

電話ごしの親のどなり声を無視して、

「はぁ？　だまれや！　あんたとしゃべってても、らちあかんのじゃ！　あんたのゆうたとおり、家、出ていったるわいや」

――ブチッ！

「あみ、有香《ゆうか》、もう限界！　藍、もう家、出ていくわ！」

それぞれが家の事情を抱え、私たち三人は、いつも家を出たいと話していた。でもきっかけがなく、いつも家にイライラしていた。私の一声がきっかけとなり、三人で家出を実行することになった。

毎日のように親との喧嘩《けんか》が続いていた。

「どうしてこんだけ心をこめて言ってもわかってくれないんだろう……」

という気持ちからいらだち、いつもどなっていた。時には心で受けとめきれず、物にあたり散らしていた。

母も同じ気持ちでどなり散らしていた。お互い喉《のど》ががらがらになるぐらいどなり散らし、イライラが募《つの》り、最終的にはいつも母の口からは、

「この家にいる限り、お母さんの言うことを聞きなさい。聞けないなら自分で自立して生活するようにしたらいい!!」

でも、家を出てもあてがない私は、「出ていったるわいや！」とは言いつつ、出ていかないでいた。私は知っていた。その言葉は母の本心じゃないと……。

私はいつも母に言っていた。

「家を出ていけ！　自活しなさい！って言うのはやめて。そんなん言われたら話が終

わるやん!!! そんなん言われたら、あっしは何も言われへん」

母も本当は、言ったらだめなことはわかっているんだろう。だから落ち着いたら、

「そうやな。それは、お母さんが悪かったなぁ」って言うが、喧嘩になったら、最終的にまた言われる。

「お母さんの言うことが聞けないんなら、家を出ていきなさい！」

そんな日々の繰り返しだった。母との話し合いが無意味に感じられ、私はもうそんな暮らしがうんざりだった。

「親」という「権力」をふりかざして、抵抗できない子どもに対して、ひどい言葉を言う大人は私は大嫌いだ!! 親と子どもは対等でないことはわかっている。でも、「親」という「権力」をふりかざして、言ってくるのは卑怯《ひきょう》だ!!

子どもは、家を出ていけと言われたとき、どうしようもない嫌な気持ちになる。

……私はそうだった。

話を元にもどそう。

自分たちの住処《すみか》が見つかるまで、とりあえず同級生の大介の家に泊めてもらうことにした。大介の家は、家族で住んでいる家のほかに、使っていない家があって、私たちにとっては最高の隠れ家だった。

「一時間後、ローソン前集合な！」

各自家に帰って、家出の準備をした。家出は初体験だから、何が必要かわからず、何から何までボストンバッグに詰めこんだ。ぬいぐるみ、枕まで詰めこんだことを覚えている。全部詰めこんだらボストンバッグと手荷物二つになっていた。

用意ができ、待ち合わせ場所へ重い荷物を抱えていくと、あみ、有香の姿が見えた。そしたら二人とも、私と同じぐらいいっぱい荷物を抱えていた。私たち三人はそれを見て爆笑した。

「有香、荷物多すぎやろ！　そんなかに何を入れてるん？」

特に有香はすごい荷物だった。あみもぬいぐるみを片手に抱えていた。

私は、親と喧嘩してどうしようもなかったむかつく気持ちなどすっかり忘れて、今からすごく楽しいことが待ちかまえているような解放感に満ちあふれていた。今までとは違って、自分で何もかもするということに魅力を感じていた。親の気持ちなんか考えずに楽しんでいた。

コンビニで飲み物やお菓子を買いこんで、パーティーの準備をするかのように、大介の家へ向かった。

親の気も考えず楽しんでいたその時、私のケイタイが鳴った。

その時、自分が家出をしていることに気づき、現実にもどった。

「どうしよう、どうしよう」とみんなに助けを求めている間に、あみと有香のケイタイも鳴った。ケイタイ合唱コンクールのように、いっせいに着メロが鳴り響いた。

三人で作戦を立て、まず私の親からの電話に出ることになった。とりあえず、私のひまわり（劇団）の友達の家に泊めてもらってるっていう設定になった。学校の友達だと言ったら、親がとる行動の先が見えている。

「藍、今どこにいるの？」

「ひまわりの○○ちゃんの家に泊めてもらう」

「○○ちゃんの家は大丈夫なん？」

「大丈夫やから」

「じゃあ、○○ちゃんの親に代わって」

「今、親いない」

「○○ちゃんはいるの？」
○○ちゃんがいないのは、はっきり言っておかしい。でもいると言ったら、代わって！となるのがおちだ!!　一瞬でいろいろ考えて、○○ちゃんは有香が声を変えて言ってくれることになった。いくら親でも友達の声まで聞き分けられない。あみは、私の親とよくしゃべる機会があったので、念には念をで、しゃべる機会があみよりは少なかった有香に友達のふりをしてもらった。
親が子どものことを一番わかっているように、子どもも自分の親のことは一番わかっている。どうされたら子どもが一番嫌か親にわかるように、どうされたら親が一番こたえるか、弱点を子どもは知っている。いや、もしかしたら親が子どもを知っているより、子どもが親を見ている目のほうが鋭いのかもしれない。

有香とあみは親に、「もう藍のおばちゃんに話しているから、今はもうほっといてや！　ちゃんとおかんとの連絡はとるから、今はほっといてや！」とだけ話した。とりあえず今日は帰って来なくてもいいから、明日学校だけはちゃんと行きなさいとのことだった。

まだ子どもの私には、こんな状況でも「学校にだけは行きなさい！」となる親の気持ちがわからなかった。大人がいちばん気にする「世間体《せけんてい》」という言葉が大嫌いだった。

私たちは、そっとしておいてほしかっただけなんだ。家が嫌で出て来ているのに、なんでこんな時にも説教されなあかんねん！と思ってた。よけい帰らなくなるのがわからんのか！　ほんま親はアホやな！と親をばかにしてた。

親が心配するようなことは何もしないし、親からの連絡もちゃんととるし、だから今はほっといて！　今は三人でいたいねん！　お願いやからほっといて！って思った。親なら、「ほっといて」と言われて「わかりました、今はほっときます」なんてなるわけないだろうけど、そのころの私たちは「なんでほっといてくれないん？　そんなに私らのこと信じてないん？」という気持ちでいっぱいだった。

三人とも親からの電話を切ってから、共通した気持ちがあった。

「なんか、おかん、かわいそうやな」

「うん。かわいそうやな」

「でも、今帰ったら同じことの繰り返しやしな」

「そうやな。たんに今はほっといてほしいだけやのにな」

「かわいそうやから、せめて親からの連絡はとろうな」

「おかん死んでしまいそうやわ」

「まじやって～おかん死んでしもうたらどうしよう」

「おかん死んでしもうたらどうする？」

「生きていかれへんわ」

ふつう親にムカツキを感じて家出するんだったら、親からの連絡なんかとらないもんだ！　私たちも親からの連絡なんかとるつもりなんかなかった。でも、やっぱりかわいそうになり、せめて連絡だけでも、と思ってしまう。

ある家出のセンパイから言われたことがある。

「親からの連絡も切らないで、家出なんかできひんで！」

「自分らほんまにまじの家出する気あるん？」

自分でも納得《なっとく》した。「ないのかもしれない」

親へのあてつけ、ただ遊びたい気持ちで家出をしただけだと。だから「プチ家出」が多いのかもしれない。

やっぱり心の底から親のことを嫌いになんかなれないし、「もうほんまに心の底から親が嫌いや！」って言っても、一時的な感情だし、心の底から親のことを嫌いになんかなれない。そら例外はあるだろうけど……。

私はどんだけむかついても「お母さんは好き」だとみんなにも話していた。「むかつくわ～」とは言いつつ、母のことは心の底から嫌いになんかなれなかった。おばあちゃんも一緒だ！

私たち家族は、仲が良い時はほかの家族に負けないくらい仲が良いし、喧嘩するときはハードだ！　だからこのムカツキも一時的な感情なんだと考えていたんだと思う。

でも私の友達にこんな子がいた。

「私は親のこと一生好きになれへんわ～。ほんまに心の底から嫌いや！」って、ほんとに心の底から言っている子が。でも落ち着いた今では、お母さんと仲が良いし、家族のことをいたわっている。「おとんとおかんが死んでもうたらどうしよう。私のせいや！」と言っている。

時に親のことを「殺したい」って思ったりすることも、たしかにある。でもそれは一時的な感情だ！

その後も何度かプチ家出を繰り返した。そのたび、先生やみんなに迷惑をかけた。でも最後に帰るのはやっぱり自分の家で、大嫌いな家がどこか心地よかった。そんな帰る家があるからプチ家出をするんだろう。

「ただいま」

「おかえり」

小さいころの記憶

雪の降る夜中、私「藍」が誕生した。三二時間の陣痛《じんつう》の末、帝王切開《ていおうせっかい》をして私が生まれた。きれいな雪の積もった日だったと聞いている。

カナダのバンクーバーで生まれ、親は日本人。

二歳半までカナダで生活をしていたため、私は完璧なバイリンガルだったみたいだ。

母が日本語で話しかけると、私は英語で返事してたらしい。かっこいいチャイドルでしょ？　それが今ではさっぱり忘れてしまって、英語の通知表で1をもらうぐらいになってしまったんだけどね……アハハ……。


なぜか知らないけど私は小さいころの記憶がある。小学校のころの思い出は忘れてる部分があるのに、二、三歳のころの記憶はなぜかある。

お父さんの顔も覚えている……。

私は日本に帰ってから、祖父が亡くなったあと、母と祖母の三人で暮らしてきた。私のことは、女性の中で育ってきた人間だと考えてくれればいい。けど、私が生まれた〈イコール〉お父さんはいる。母は結婚していないから、夫はいない。でも私のお父さんはいた。

日本に帰ってきてからはたまにしか会わなくなったお父さんが、ある日から仕事だと言って帰らなくなった。子どもながら感づいていたのか、私はその日に限って、お父さんが仕事に行くのを拒《こば》んでいた。はっきり覚えている。「おみやげ買って、絶対帰ってきてね」と、ごねてた。

おみやげがほしかったわけじゃない。おみやげを理由に帰ってきてほしかった。

その日の夜から私は、母の胸元で「帰ってこない、いつ帰ってくるの？」と、何日も泣いていた。「また今日も帰って来なかったよぅ」って……。

だんだん物心がついてきたときにはわかっていた。私の母はシングルマザーだと。でもけっして嫌なわけじゃなかった。お母さん大好きだった私だし、おばあちゃんもいた。

私はお父さんに捨てられたなんか思っていないし、お父さんを憎んでる気持ちなんかこれっぽっちもない。それから私はお父さんに会うことはなかったけど、生きていることだけは知っていた。私はお父さんがいなくて寂しくもなかったし、別に支障はなかった。母がいたから……。

でも一つだけ支障があったと言えば、友達に「藍ちゃんのお父さんは？」って聞かれたときだ。素直にいないと言えなかった。恥ずかしいっていうか、勝手にそれだけで私の家族を判断されるのが嫌だったから。

お父さんがいない、お母さんがいない、片親に生まれた子どもはかわいそうだという、世間の声を子どもながらにさっしていた。

私はかわいそうなんかじゃなかった。

私の親同士は、喧嘩したわけでもないし、嫌いで別れたわけでもない。いろいろ話し合った結果、母が一人で育てると決めたんだ。お父さんを嫌いになったことは一度もない。説明しにくいけど、大人にはいろいろ事情があるらしい。

あのころ私は、友達に聞かれると、「海外にいるみたい」とだけ言っていた。友達も私にお父さんがいないことは知っているだろうけど、素直に「いないよ」と言いにくい私が存在する。

もう一人忘れてはいけない人物がいる。

今はもうこの世にはいない、私の大好きなおじいちゃんだ。私が三歳の時、六五歳というまだまだ若い年で他界した、優しいおじいちゃん。胃がんだった。

おじいちゃんのイメージといったら「優しい」としか私は覚えていないけど、おばあちゃんの話を聞くには、相当おばあちゃんに迷惑をかけて、厳しい人だったみたいだ。私に優しかったのは、もうからだが弱っていたときだからだよ、とおばあちゃんは言う。でもなんだかんだと言いながら、おじいちゃんと一生共に生きてきて、今でも毎日先祖に頭をさげて、おじいちゃんのお墓参りに行くおばあちゃん。

すごく人当たりの良い人だったみたいだ！　だからおじいちゃんのことを知ってる人は言う。

「あんな素敵なご主人はいない」


おじいちゃんとの記憶では、こんなシーンが残ってる。

おじいちゃんと七五三に行ったこと……三歳の七五三が最後だった。

寝こむことが多かったおじいちゃんだったので、保育所に迎えに来る母に、「おじいちゃんは？」と私が聞くと、母は「大丈夫よ」。そう言われるとホッとしてた小さいころの私。

それが迎えに来たときにする母との最初の会話だった。毎日毎日その繰り返しだった。いつの日それが最後になったのかはよく覚えていないし、ほかの記憶はあまりない。

ただおじいちゃんの優しい顔と、七五三に一緒に行ったこと、母との会話、それがおじいちゃんと私の記憶だ。

おばあちゃんから、私とおじいちゃんの話を聞いたことがある。

「入院中のおじいちゃんの病院で藍ちゃんがいなくなって、捜し回ったらね、違う病室でほかの患者さんと遊んでいたことがあったわ〜。病院で藍ちゃんは人気者やったね」

そのあと、クスクスおばあちゃんは思い出したかのように笑いながら、話を続けた。

「藍ちゃん、おじいちゃんのベッドで寝て、おじいちゃんしんどいのに、横のほうでそっといてたんやで。かわいそうに……（笑）」

私がおじいちゃんのベッドを占領してたみたいだ!!　でも誰も私のことを起こさなかったのがおかしい！

おじいちゃんのお葬式ですらも記憶があいまいだ……。たしか家の一番広い部屋だった。その光景だけうっすら残っているけど、それ以外はわからない。おじいちゃんのお葬式の時に、母に「泣かないで～」って、私が泣いて言ったみたいだ。

私はあのあと、保育所に迎えに来た母にいつも何を話していたんだろう。

私の記憶力は都合がよいのかもしれない。(笑)

二、三歳のころの記憶があるのは天才だという話を聞いたことがある。私はまったく天才でもなければ、学校の勉強なんてべべ（びり）から数えるほうが早いくらいなのにな～。

ただ小さいころの記憶を私の中に残してくれて感謝してる。おじいちゃんとの少しの思い出が自分の中にあるのとないのとでは全然違うから……。

おばあちゃん

おばあちゃんっ子だった私。

いつもおばあちゃんの昔の話を聞きたがってた。いつもおばあちゃんの行くところ行くところについて行っていた。お母さんに怒られて外にほうり出された私を、そっと家の中に入れてくれるのはおばあちゃんだった。私に吠《ほ》えてきた犬を叱ってくれるのはおばあちゃんだった。

そんなおばあちゃんが大好きだった。

でも小学校の後半から中学校に近づくにつれて、おばあちゃんっ子じゃなくなっていった。休みの日は決まっておばあちゃんの行くところ行くところについて行ってた私なのに、次第に友達との遊びの楽しさを知り、おばあちゃんにはついて行かなくなった。

次第におばあちゃんにも反抗した態度をとり、なんかあったらすぐ母に言いつけていた。それが中学生のころには母とより、おばあちゃんと私のほうがある意味仲が良かった。タバコを通じて。いろんな話をする。母にはいちいちしないような世間話をする。タバコを吸いながら。

前にも言ったように私の家族は女三人家族だ。家族でタバコを吸うのはおばあちゃんと私だ。母は吸わない。(今は、私もやめた。)

タバコを吸ってない人の前で、タバコを吸うのは吸いにくいものがある。吸ってる人とのほうが、なにかと気楽な気持ちになる。

私のタバコがきれたら、おばあちゃんにもらいに行く。おばあちゃんも、タバコがきれたら私のところに来る。

「藍ちゃん、タバコちょうだい」

「いいよ」

「お母さんには内緒な」

「わかった。何本いる?」

こんな感じだ。私はこんなおばあちゃんが大好きだ。こんな共通点が家族の中にあると、うれしいものがある。おばあちゃんとは、昔みたいにタバコを吸いながらよく話をするようになった。恋愛話、おばあちゃんの昔話、私の友達の話、母の話。友達と話す口調だ。

おばあちゃんと、タバコをきっかけに仲をとりもどせた。


私の中に残っているおばあちゃんからの名言だ。一度だけこんなことを言われた。

チューハイを一口飲んで、

「たまには足をふみはずしてもいいねん。そのほうが、次に頑張れる。しんどいのに、つらいのに、頑張り続けることはない! たまには息ぬきが必要やねん。藍ちゃん! こっそり息ぬきしてもいいねんで!」

その後、私はこっそりチューハイを一本飲んだ。その日は久しぶりにぐっすり眠れた。

おばあちゃんは、大人が言う、あたりまえなことばかり言わなかった。

「上手にはめはずしていいねん」って、付き合ってくれるおばあちゃんが大好きだ。

おばあちゃん、これからもずっと元気で長生きしてね。

II

シンナー中毒

ある時期、シンナー《ネタ》にはまったことがある。

最初は、たんなる好奇心からだった。自分は周りの子とは違って、別にネタにはまっているわけじゃないと思っていた。そのころ、暇《ひま》で楽しいことがなく、ほんまにやめなあかんって自分が気づいたときにでもやめたらいいし、別に私は中毒なんかじゃないからやめたいときに簡単にやめられる！と深く考えず、深刻な問題にはとってなかった。

今から考えてみれば、一種の友達付き合いとさえ思っていたのかもしれない。きっと私みたいに考えている子もいるだろう。ネタは本当に人それぞれらしい。はまる子もいれば、はまらない子もいる。はまるというのは、まぁ中毒症状と考えてくれれば

OKだ。

一回ではまってしまう子もいれば、二回三回と回数を重ねるたびにはまっていく子もいるだろう。友達から聞いた話では、なかにはどれだけ吸ってもはまらない子がいるらしい。

でも私の考えでは「はまらない子」などはっきり言っていない。って言うか、私も含めて私の周りはそうだった。どれだけ嫌がっていた人も、回数を重ねていくと中毒になっていくし、「私は大丈夫」なんて思ってて、気づいたときにはネタなしでは生きていけない！

はまっていたり、やめようと決意したときにやめるつらさを知ったり、簡単にやめられても、また暇になったり、現実逃避したくなったら手を出してしまう。そんなのが落ちだ。科学が作り出した恐ろしい逃げ場だ。私はそうだった。ネタを逃げ場にしてた。

私がネタの魅力を感じてきたのは二回目だった。のどが痛く、わけがわからなかった一回目とくらべ、「あーこの感じ、この感じ」と感覚がよみがえり、気持ちよかった。

友達は一回目でネタの魅力を感じていた。ネタは怖いものだとは知っていたけど、いざ吸ってみると「こんなもんかぁ〜」ぐらいにしか思っていなかった。自分のからだに一回目では変化がおとずれてこない。このあと、だんだんとからだに変化がおとずれてくるが、あの時はまだわかっていなかった。

私の場合、ネタを吸う前、親の顔が一瞬思い浮かぶ。「悪いなぁ〜」と罪悪感に襲われることもある。でもあくまでも罪悪感止まりだ。

ネタというのは本当に怖い。自分の欲望だけがすべてで、ほかの周りのことなど考えるのはめんどくさい。私はそうだった。時には自分の欲望ですら考えるのがだるかった。たんにネタが吸いたい……それだけ。

本当、あのころの私には何もなかった。何もいらなかった。

毎日毎日ネタの日々を送っていた。ネタ吸って寝て、起きたらネタ、その繰り返しだった。そのころから、からだがだるい日々を送っていた。何をするにもからだがだるい、重い、骨が痛い、すぐ疲れる。考えることさえだるかった。しんどかった。お水もレギュラーで入っていたのが、だんだん日にちを減らしていき、仕事もおろそかになっていった。

時にはネタがからだに残り、家で放心状態になっていたこともあるぐらい心がなくなる。いつもうるさい私が、母に何を話しかけられてもボーッとしてた。焦点が合わない目で適当に返事してた。

人間のする行動から何から何まで、機械で動いてるような気がした。家の中の冷蔵庫の音からＴＶから、世界中のいろんな音が耳に入ってきてた。

まだ私は中毒になっていることなど気づいていなかった……。今から考えてみれば、もうすでにシン中（シンナー中毒）のスタートラインに立っていたんだと思う。

一人で吸うことはなかった。一人で吸ってもおもしろくないし、さびしいだけだ。暇だから吸っているだけだし、ほかに友達との遊びがないから吸っていた。

中学生の女の遊びといったら、カラオケ、ボウリング、買い物、プリクラを撮りに行く。そんなぐらいしかない。もうそんな遊びにも飽きたし、お金がかかる。カラオケ以外は電車に乗って、せめて隣の駅まで行かないとナイ!!

その点シンナーはすぐ手に入るし、人から見えない場所であればどこでもできる。時間も関係ない。夜行性の私らには、夜の遊びといったらネタぐらいだ。家にはもちろん夜中に友達なんかといれない。こんなことからネタの毎日にドップリ入ってしまったんだろう。

価格はニール一つ（一回分）三〇〇円。ペット三〇〇〇円。

私はそのころお水をしていたこともあり、お金があったからまとめ買いをしていた。時にはペット三本なんて日もざらにあった。たいがいは吸う子たちでペットを割り勘《わかん》する。

だいたい一緒に吸うメンバーは決まっている。私らは団体は嫌だし、男とは吸わないようにしてる。なんせ記憶がないんだから犯されても、気がついたら犯されてた！みたいなのりだ。そんなの嫌だ。そういう実例もあったため、なるべく数人で吸っていた。ボケているときに気がついたら、シン中の子と合流してたことはあったけど、たいがい二、三人で吸っていた。

ネタを吸って、なかには幻覚を見る人がいる。私はそれまで幻覚など（たぶん）見なかった。

そんな時に私は幻覚を見ることになる。その体験から、私はネタをやめることに決めた。その時にやめるつらさを知り、「私は中毒かもしれない」と思い、自分がシン中だということに初めて気づくことになるのだ。

それまでは一人では吸ったことがなかったのに、そのころは我慢できなかったら友達と吸う約束してる前から一人ででも吸うことがあった。

上から見ている自分、右から見ている自分、左から見ている自分、地面の底下《ドブ》から見ている自分、真ん中に座っている自分。座っているはずなのにいろんな角度から私は私を見ている。

薄暗い、ちょっと赤色がまじっている世界で私は一人。なのにいろんな角度から見ていた。真っ赤な観覧車…。観覧車に自分が乗っていたのか、観覧車が横にあったのか、観覧車を見ていたのか何かは知らないけど、真っ赤な観覧車の記憶がある。

スライムみたいにくねくねしてドブに落ちていく私を見た。これが私の未来かと、そんな予告だったような気がする。

「なんで藍泣いてるん?」

友達の声でハッと気がつくと、私は泣いていた。

「わからん。今のなんやったん?」

なんだかよく覚えてない。ただ苦しかった。今までいつも楽しく吸っていたのに、今回は楽しくなんかなかった。逆に吸ったあともなんだか息苦しかった。何がなんだかわからないけど私はその日は吸うのをやめた。

そう何がなんだかわからないんです。吸わないとわからない。薬物がからだに入らないとわからない。文字にすると自分でも意味がわからない。文字では言い表せない空間。言葉にはない空間。どこか懐かしい空間というか……。

その日は引き上げてネタを捨てた。「まぁ～また楽しく吸えるだろう。こんな気分悪いのは今回だけやろう」そんなふうに思っていた。「気にしんとこう」と自分に言い聞かせていた。問題なのはこの次だ！

次の日、友達と夜中に家を出て二人でネタを吸うことになった。公園に行き、いつもの手順で吸っていた。その公園は神社の横にある公園で、夜は不気味だ。神社の中にある道とフェンスをはさんで公園がある。私らはこの公園のことを「神社公園」と呼んでいた。

吸っていて「とぶかなぁ～」と思ったときにフェンスごしに神社を見ると、鎧《よろい》兜《かぶと》を着たような夜叉《やしゃ》の団体が行進していたんだ。びっくりして友達に「見て」と言おうとしたら、友達の声が低くて、目つきも違って、私は友達が何かにとりつかれてるっと思い、

「さや！　さや！　もどってきて～」

と何回も言ってると、

「あっしやって！」

って言うから、何回も聞いているうちに、「あっ!!　これはさやだ」と思った瞬間に、なぜかわからないが、予知したかのように自分のニールを捨てて、ペットもフェンスの方に捨てて、「さやニール捨てて」ってあせって言ったら、さやはもうボケボケで「な～んでなん～?」ってトロトロ言うから、さやの手から無理やりニールを取って見えないところに捨てたら、数秒後にポリの単車《バタン》がこっちに来たのだ。

私は幻覚（?）を見て正気にもどっていた。さやはボケボケだったけど、ネタになれてるんなら多少正気に見せられる。正気の時の声を知らない限りはばれない。

「何してんねん！　ネタ吸ってたんか」（ほらきた）
「吸ってないわ」（はい。吸ってました、なんか言うわけがないやろう）
「嘘ついてもわかるねんぞ！　吸ってたんやろ」（明らかにネタの臭いがする。しかもポリもだいたいボケてるときの顔ぐらいわかるだろう）
「吸ってない！って言うとうやろ」（それでももちろん私らはしらをきる）
「じゃあこの袋はなんやねん」（チャリに空のニールを入れてた）
「袋がどうしたん？　袋持ってたらあかんの？　なんも意味はないわ」（わけのわからない嘘）
私らは本当に、間一髪セーフだった。ポリもニール袋があるから吸っていたことはわかっているんだろうけど、吸っているところを見ないと捕まえられない。いくらネタが周りに落ちていても、自分のじゃないと言われたら終わりだし、だから手に持っていなければ捕まらない。
でもネタが落ちているのをポリが見つけたら持って行かれる。そんなのもったいない。嫌だ。だからか草むらに投げてた。ポリは草むらに懐中電灯をあてるが見えなかったみたいだ。私にも見えなかった。でも私はだいたい投げた場所を把握《はあく》していたためにあとで見つけられた。
「ポケットの中身を出せ！」（ポケットの中身はタバコぐらいしかない。素直に出す）
「タバコやめろよ」（あまり態度をでかくしても無意味だし、タバコを取り上げられても困る。だいたいポリの心理もわかる）
「OK！」
おきまりの、住所・電話番号・学校名・生年月日・名前を言わされて、
「近所迷惑やから、そこどいとけよ」
とだけ告げ、ポリはババタンでどこかに行った。　　セーフ
私たち二人は場所を変えて、ババタンが通れない場所へと移動し、さっきの続きに入った。

でもあの幻覚はいくらなんでも怖かった。しかも何かが起こる知らせをしてくれたみたいだ。ネタを吸って何かが起こる……捕まることぐらいだ！　きっとあの時は何か考えたわけじゃなく反射的に隠したんだろうけど、なぜ自分がそんな行動をとったかはわからないけど、不思議すぎる。怖い。しかもあの幻覚はいったい……。

私はこんなことは今回だけだろうと思って次の日また吸ったが、幻覚を見るし、昨日の記憶は残ってるし、ネタを吸ったあとも気分悪いし、ネタ吸って楽しくなんか全然なかったし、二度も続けてこんな不思議で怖い思いをするなら、吸っている意味もないし、いっそのことネタをやめてしまうことに決めた。吸うたびこんなふうになっても嫌だし。吸っていて楽しくなかったら意味がない。それに毎日毎日吸っていたこともあって、からだも次第にしんどくなってきた。さやに、

「もうあっしネタやめるわ」

「なんでなん？」

「幻覚とか見だしてきたし、もうええわ」

「ほんまかぁ〜、頑張り〜」

私らはネタを無理やりやめさすこともしなければ、吸わせることもしない。

ネタをするとなんかよくわからないが、寒くなってくる。もう正気にもどっていき、ブルブルふるえながら引き上げた。


問題は次の日だ！　起きると関節中が痛くて歩くことすらしんどかった。

ふと「ネタ吸いたいなぁ〜」と思った。「何言うてんねん！　そういえば昨日やめるって決めたんやぁ〜」と思い出した。そしたら時間がたつにつれ、いつもやったらもう吸ってる時間に吸っていない……、頭の中がネタのことでうめつくされてた。ネタを吸うときのしびれる感触がよみがえり、しびれる感触をからだが覚えていたみたいでからだが反応した。ネタを無性に吸いたくなってきて、「別にいっか！」と部屋で口に出して言ってた。

そこからは早い。友達に電話して、

「あっし、やっぱ今日吸うわ」

「やめるんちゃうかったん？」

「やっぱあっしには無理やわ！　アハハ」

「ほんまかぁ〜、じゃあ何時にする？」

こんな感じでポンポンと段取りは決まり、また吸うことになった。昨日決めたことなのに、次の日また吸っている。いつも私はこうだ！　意志がないっつうか……。


それから何度もやめようと思ったことはあった。

明らかにからだがおかしい。肌の色は変色していくし、からだのふるえは止まらないし、人より寒気がするし、記憶があいまいだし、関節は痛いし、歯はとけていくし、のどはおかしいし、何もする気が起こらなくて何もしていなかったし、吸っていない時もわけがわかっていなかったし、記憶力というものがなかったし、そのころはもう明らかにからだと脳みそに影響してるとわかっていた。

でもやめられない。本当にもうやめようと決断しても、三日目でダウンだ！　こんなしんどい思いをするならからだがボロボロになってもいいや！とまで思っていた。友達でもこんなことを言う子がいた。

「自分のからだやねんから、別にえ～やんかな！　ほっといてほしいわ」

私もその子が言った気持ちがわかる。もし私が吸っていなかったらわからなかったと思う。吸ったことない人はきっとこう言うだろう。

「いいわけないわ！　ほっとけるわけがない」

私も自分の子どもが吸ったらそう言うと思う。

もちろんいいわけがない。もちろんほっとけるわけがない。でも吸ってる本人はネタが一番になってる。ネタをやめてこんなつらい思いするなら、友達なんかいらない。同じシン中の友達でいい。やめろという彼氏なら、そんなのいらない。友達とか彼氏と違って親とは縁を切れない、だから親にはばれないようにすればいい。もしばれたらもうやめるからと言って謝ればいい。

からだに悪いことなんか、言われなくても知ってる。

悲しまれて発狂されるのがうっとうしい。

「自分のからだやねんからほっといて」

こんなやめるのがつらい、こんなにつらい思いするなら吸っていたらいい。

ここまで思っていた。

自分のからだよりも、自分の欲望〈イコール〉シンナーが勝っていた。


はっきり言う！

人がやめろと言っても、やめると決めるのは本人だ！　無理やりやめさせられたって、また手に入れれば吸う。


母にこんな質問をされたことがあった。

「やめさせるために親は何ができるの？」

本当に悩む。それからもずっと考えた。

親に言われてやめた子もいる。でも私は実際やめなかったし、ほとんどの子がやめてない。こんな時だけ言われても困る……。

はっきり言って、ネタを吸う前の段階のことを考えたほうがいいのではないか？

じゃあ、もう吸ってしまってる子を持つ親は……？

私の場合、親に言われてマイナスにはならなかった。いろんな人が私を思い、やめさせようと必死になってくれた。

ネタをやめた今になって、あの時の光景が浮かんだときに、家族には本当に悪いことをしたなぁと思うし、ありがたく思った。

でも母に、

「お母さんのやり方は間違ってたな」

と言ったことがある。

母は自分の手ではもう無理だと思い、警察に連れて行こうとしたことがある。ネタを見つけると警察を家に呼んでた。自分の手では無理だから、絶対に吸えない状況をつくろうと思ったのだ!!

まだ月日がたってないから、この方法が将来的によかったのかはわからないけど、あの時の気持ちを思い出すといい方法だとは思えない。私が本当にどこかに入れられてたら、きっと親を恨んでいただろう。

って言うか、自分の手ではもう無理!とか言う親がいるけど、自分が産んだ子なのに無理なんかない! 親より大きな力はないのかもしれない。そらいろいろあって例外な人もいるだろうけど、大切に育ててきて親と子のきずながあれば不可能なんかない。

今は嫌われてても、今は嫌われ役でいいんじゃないかと思う。今になって親という存在の偉大さがわかってきたんだ。親より大きな力はないのかもしれない!っていうのは、今だからある意味私は言えるんだろうな。

親も大変だと思う。自分の子がネタとか本当につらいと思う。

親は小さいころの子どもが、印象に強すぎなんじゃないかと……。確実に私たちは成長していってる。いつまでも小学生じゃない。

「自分の子がこんなはずじゃなかった」

とか言う大人を見て、腹が立つ。いつまでも私たちは子どもなんかじゃないし、いつまでも可愛かったころなんかじゃない。いろんな環境にもまれて、いろんな性格ができていく、でも家では生まれたときから何も変わらない。

「どうしてこうなってしまったの？」

って、家での子どもしか見ていないのに、何を言い出すかと思う。

そんな簡単なもんじゃない。子どもは傷つきやすいけど、テレやいろんな感情があり素直に表現できない。

大人みたいに社会にもまだ認められてない年で、自分の好きなことをするのにもいろんな難関がまちかまえている。子どもは勉強が仕事だと勝手に決められ、大切な友達と騒ぐ時間さえ奪われていく。

完全にやめた今、あの時をふり返って、失った人もいるけれど、失わずにすんだ人たちもいることの理由を理解できる。そして昔の自分を今の私が救ってあげたいと思う私がいると気づく。結局は自分でネタという恐ろしい科学が作り上げた逃げ場を断ち切った。その横で支えてくれた人、今でも一緒にいてくれてる、今の私を見てくれてるあなたに、心から感謝したい。

水商売

今までの人生、たった一六年しか生きてない人生の中で大きな社会勉強をした。それが一四歳に始めた「水商売」だ。今まで自分の周りにはなかった世界だった。夜の街に心が奪われた。夜の人間が魅力的だった。なんか心が冷めきってるようなところが、あのころの私にはかっこよく見えた。

授業をさぼりながらもほとんど休まずに通っていた中学校だが、中三の二学期の終わりごろ、教師たちと友達との対立があって、学校へ通う意欲をなくしていた。何もしないでいるのも退屈で、同じ理由で学校へ行かないでいた友達と相談して、将来、自立して生活するためにとアルバイトを始めることにした。

もちろん、未成年だから年をごまかさないとアルバイトもできない。母は、ゴロゴロ何もしない日々よりましだと思ったか、中二のころ新聞配達とファミレスで働いていたこともあったし、賛成はしないけど反対もしないと言った。

履歴書を持って数か所探してみたが、適当なところは見つからなかった。そんな時、先輩の一人から大阪のラウンジを紹介してもらった。母には「居酒屋」の皿洗いをすると嘘をついた。

あのころの私はいろんな人からの束縛《そくばく》から少し離れたときだった。もちろん水商売の世界にそんなネバネバした感情なんかなかった。そこがただ楽だったのかもしれない。

私から見るとただ金で動いている世界とさえ見えた。そんな感情の薄いとこが素敵だった。からだはしんどかったけど楽しかった、っていうよりは、気持ち的に楽だった。

私が働いた店はたまたま上下関係があまりなく、可愛がってもらった。

私があのころ水商売に魅力を感じたのは、自分の実力がわかりやすくお金になるからだった。

頑張れば一四のガキが何十万というお金を手にできる。私はこの若い年齢に今まで足を引きずられてきた。中学生という……。

みんなと同じように働いて自分のお金を手にしたかったけど、年のせいで堂々と働くことさえできなかった。バイトで評価は私のほうがよくても、年がばれた瞬間さよならだし、年がたつのを待てばよかったのかもしれないけど、そのころの私は待つことすらできなかった。湧き出てくるこの感情を抑えきれなかった。

私より年上でも、私より先輩でも、私のほうが売り上げがよければ、もちろん私の給料のほうが多い。頑張りがいがあった。給料日が心から楽しみだった。お金がわかりやすく私を評価してくれてるようだった。今まで手にしたことのない、普通のサラリーマンより大きな金額を手にできる。あのころは、なぜそこまで嫌がられている世界なのかわからなかった。

本当にいろんな人を見た。自分の想像を超えていた。自分の頭では想像できないお金の額を知った。金持ちは本当にすごい。

自分の駐車場を持っていて、車がコレクション！

そんな世界想像できますか？　一四歳の私にはとてもじゃないけど想像できなかった。

そんな中にいたら、もちろん金銭感覚だって狂う。タクシーを使う、なんかあたりまえ。どれだけ近い距離でもタクシーを使う。今考えたらタクシーにいくら使っただろう……ぞっとする。タクシーに毎回万単位を出すなんか普通だった。

服も洗濯がめんどくさかったら、仕事の行きしなに買っていく。値段なんかいちいち見てない。時にはぞっとする値段が目の前に出されても、そこはプライドでCHANELの財布から万札を出す。

たかが一四歳のガキが、売り上げさえあれば認められる。夜の街を堂々と歩ける。お水をするとなにかしら老《ふ》けるものだ。人生経験が豊富になる。そらそうだ！ いろんな人と話すし、いろんな経験をしている大人を何人も相手する。お金があるからおしゃれもできるし、化ける道具を買える。持ち物も違う。

そしてお水をやめた今わかる。お水をしている人は何か大人の女性のオーラを感じる。

一四歳のガキが、なれてくればあの有名なオスカーのスカウトだってくる。

一四歳のガキがブランドを手にできる。

一四歳のガキが二六歳ぐらいに見えることも可能なのだ！

今から考えると笑ける。

その代わり、水商売を本職にして極《きわ》めようと思ったら楽な仕事ではない。私は、水商売している女を見て「楽な仕事をしている女」なんて思えない。この言葉は、私が水商売しているとき、よく言われていた。

「ただおっさんとしゃべったらお金もらえる仕事、どこがしんどいねん！」

そう思う人もいるのかもしれないけど、まだまだ未熟な私だけど、私は水商売を経験して、一番しんどい仕事じゃないかな?とさえ考えられる。極めていない私でさえも、これでずっとやっていくのはしんどいな～と思ったし、極めている人を見て、楽してやっているようにはとてもじゃないけど思えなかった。

とても精神的に疲れる。からだにもとても負担がかかる。からだをつぶしに行っているようなものだ。血をはいても休むことなどできない。

連絡なしで休むと¥四〇〇〇〇

連絡して休むと¥二〇〇〇〇

週末はその倍だ!!

たとえどんなに熱があっても罰金だ。前もって熱が出るなど、はっきり言ってわかるはずない。

金銭感覚が狂ってる私たちはたいしたことないと休むが、これが重なってくるとかなり痛いものがある。店側と女たちの駆け引きみたいなものだ。店もかなり考えている。何かと私たちコンパニオンの給料をマイナスにするために……。かなり手ごたえがあった。

楽しいのは仕事が終わったあとだ！　たまにオーナーのおごりで、従業員でご飯を食べに行ったり、みんなでビールを飲みながらカラオケしたり、意味もなくしゃべったり、オーナーの家で集まったり、楽しかった。暇なんて言葉いっさいなかった。あの時の私に暇なんて言葉があったらどうなっていたかわからない。わからない……。

みんなが言う「汚い」世界に私は救われたのかもしれない。

道を歩いていたら未成年《ミテコ》がキャッチをしているところを何度も見た。ミテコで働くことがたいした世界じゃないとわかった。私が普通だった。ミテコで働く子は同じ匂いを感じた。さすがに私たちより年下はいなかったし、同じ年もいなかったけど……。お金が大好きで、お金が中心の世界だった。

私はどんだけお金がほしくても、風俗には足を踏みこまなかった。踏みこんでなくてよかったと思う。でも風俗に行く子の気持ちがわからないわけでもない。給料の額が違う。私にはそんな根性などなかったし、なくて安心している。

こんなことを言われたことがある。

セッキャバ（風俗）のオーナーかなんかしている人の席についたとき。

「自分セッキャバで働いたら、絶対ナンバー1になれるで！」

はっきり言って全然うれしくなかったけど、ここはホステスお決まりの営業スマイル。オーナーか店長かわからないけどその人が、一緒に来ていた従業員に、「なぁ～？　思わんか？」って言うと、従業員たちが「あ～いけそうな感じですね」と口々に言った。

いったいどういう意味だ!?

よくボーイに聞いていた。

「なんで彼氏とかは、お水やったら嫌がるんかなぁ～？　ただおっさんとお金を通じて話すだけなのに」

「俺もボーイするまでは嫌やったで！　自分の知らない世界やし、しゃあないんちゃう？」

「一回、店来たらいいねんなぁ～」

同業者じゃないとわかってくれないものだと思った。わかってくれる人はなかにはいるんだろうけど、私は束縛の中で生きてきたし、許してくれても嫌々だった。嫌がる男の気持ちがあの時はわからなかった。今ならわかるけどね。

客にはいろんな職業の人がいた。その度いろんなことを知った。大人たちは、結構水商売の女にはいろんな話をしてくる。妻にも見せない裏を見せてくる。だから私たちは人一倍物知りなのかもしれない。

競馬の判定士から聞いた話だ。

「どうやってこの馬が勝つとかわかるんですか？」

「毛並みとかいろいろあるし、人によって見方は違うけど、あんなん適当やで！　当たるときは当たるし、当たらんときは当たらん！　だから運やな」

適当だそうです。あてにしないように（笑）

「だから友達とか知り合いに、どれが当たるか聞かれたりすると困るもん」

困ってるらしいです。判断はご自分で（笑）

「競馬なんかしんときや！　金なくなるだけやで」とも言われた。

趣味程度にどうぞ（笑）

セールスマンのちょっとしたぼったくり方や、タクシー会社に入る方法や、女が有利な話とか、ややこしい世界の裏の話や、いろいろ信じられないことや今まで疑問に思っていたことも本職の人から聞き、「そ〜ゆ〜ことかぁ〜」みたいな。

いろんな社会を知った。そして社会の仕組み（お金の回り方）を知った。社会の仕組みの中には水商売の存在も大きくあった。

一つの同じ質問を違う職業の人間にすると、全然違う答えが返ってくる。それは違う環境で生きてきた人それぞれの人格で、その人にはその人の考えがあるから！ってあたりまえなことを実感したり、そんなことがたくさんあった。人間というものをこの目で見られたような気がする。

水商売全体を否定している人はいないか？

それは私にとって悲しいものがある。お金という不器用なやり方ではあるけど、ホステスのお陰で癒《いや》されている人は確かに存在する。癒される方法がなかなかないこの世界で、限られた時間をお金で買い、ホステスは癒してあげる……。ホステスは癒しの札束ランドリーみたいだ。

一四歳のガキに人生経験豊富な大人が相談して、癒されて帰るんだもんな……。

社会にちゃんと出ていなかった私の一番初めの冒険が「水商売」だったことに、私はへんな誇りを持つ。ただもうちょっとあのころは子ども心が必要で、ほしかったのかもしれない。「ちょっと早すぎたかなぁ～」とか言いながら昔を思い出して、楽しい思い出と、裏に隠れていた痛い思い出が、交じり合って複雑だ！

私はこの体験を大きな社会勉強だと考える……私って能天気だろうか？

大きな経験になったことは違いない。

母への嘘もばれ、あの世界とはさよならした。

もどることはもうないけどね!!　もどることがないからこそいい思い出であるんだ。

暴力で確かめる愛

ＤＶ（ドメスティック・バイオレンス）という言葉を聞いた。

私も大好きだった彼から暴力を受けていたことがある。それが彼からの大きな愛だと感じてた。彼の愛情表現だと……。

でも心に傷がついたのは事実だった。彼に恐怖を感じたのも確かだったし、私のからだも心も傷だらけだった。でもそれにしても全体的には不満なんかなかった。

なぜなんだろう？

私みたいに誰かに暴力をふるわれている人、ふるわれていた人はいると思う。親からでも、彼氏からでも。

私はだんだん暴力に恐怖を持ち、暴力が嫌になっていった。でも彼と別れたあと、ほかの人と付き合い、（あの時期は）暴力をふるわれない〈イコール〉本当に自分のことが好きなのかと不安に思い暴力が恋しかった。

今の私はだいぶましになったのだろうけど、私に暴力をふるっていた彼が近くに来たときに一瞬恐怖を持ち、彼に対して構えを持ってしまう。そんな自分が嫌になるけどこれも事実だ！

今でも、後ろに人気《ひとけ》を感じると怖い。どなり声を聞くと怖い。

暴力はいつも起こるわけではない。虫の居所が悪い時に感情のはけ口にするのだ。「もうしばかないから」と言って手を握ってきても、大丈夫なことがわかってても、なぜか怖い……。苦しくなる……。

私の友達も昔、彼に暴力をふるわれていて、私は何度もその現場にいあわせた。自分じゃないのに震えがくる。

彼女は震えながら自分が悪くないのに「ごめんなさい」と何度も言い、泣きながら叫んでいた。今でもその光景がよみがえったとき、男に恐怖を感じる。

男と女の力の差を感じていた彼女には、泣き叫ぶしかできなかったんだろう。

彼が走ってこっちに近づいてくるときに、彼女は気が狂ったように「もーいやや」と叫びしゃがみこんだ！　その時の彼女の気持ちがすごくわかった。

逃げても追いつかれるし、もっとしばかれることになるし、でも恐怖があってそこから逃げ出したくなる、どうしたらいいかわからなくなる。しゃがみこむしかできなかったんだろう。

彼女の気持ちが痛すぎるぐらいわかり「やめろや！」と言って、私はしゃがみこんでる友達にかぶさった。自分にも経験があったために彼女が自分と重なっていた。私は束縛から生まれた男の暴力の恐怖を知っていた。

私がいるため彼女をしばくことなんかできなくて、彼のどなり声だけが響いていた。

その時通報があったのか警察官が何人かかけつけて来た。内心私も彼女もほっとしたのに、警察官は何の役にもたたなかった。

「何があったんや〜？」と来て、まず彼女を保護するんではなくて、彼や周りの人間に話を聞き、彼が「俺の女やねん！　もう帰れや！」と一言言っただけで、「君ら、ちゃんと見とってや〜」と言って帰っていった。彼女を保護することもなく……信じられなかった。

私たちの周りには何人か知り合いの男がいたのに、助けることもなく、ただ突っ立っていた。彼の後輩だったから何も言えなかったんだろう。警察官も役にたたないし、なんとかこの場を止められる人を、と考えたら、すぐ私の元彼が思い浮かんだ。

私も暴力を経験したことがあると言ったが、それが私に暴力をふるっていた元彼だった。私に暴力をふるったことを後悔し、私が別れを告げたあともずっと好きだと言ってきて、私も好きだったため友達として付き合っていたころだった。友達の彼より年上だし、きっと止めてくれると思い……。

私はひとまず彼女のそばを離れて電話をした。

「あんな〜」

あせりながら震えた私の声を聞いて、彼は心配して言った。

「おまえどうしてん？」

その時、彼女の悲鳴が聞こえた。私が離れたのをいいことに、彼女はまた暴力をふるわれていた。

言葉にならない私の声を聞いて、彼は、

「おまえ今どこにいるねん？」

「駅の前にいんねんけど……、いんねんけど……」

言葉にならなくて、早く彼女のところに行かないと、と思い、

「またかけるわ！」

と言って切ろうとしたら、なにか電話ごしに声が聞こえた。けど私は返事をする暇もなく、聞き返すこともしないで彼女のところへ走って行った。

ビリッ!!　目の前でおそろいで買ったコートが破かれた。ガタガタ震えてる彼女を見て、彼女とおそろいの私のコートをかぶせて、しゃがみこんでる彼女に再びかぶさ

った。

ガタガタふるえながら私に抱きつき泣いてる彼女を見て、怒りが込み上げてきた。

「いったいなんなん？　もうやめ〜や！」

「藍ちゃんには関係ないやろ！」

「関係あるわ！　友達しばかれてるの見とけって言うん？」

「もう帰って〜や！」

「今日約束してるのは、あっしやねん」

そんなことを言いながら、こっそり彼女に、

「もうすぐ元彼迎えに来るから、車見えたら走ってなか入り！　もう大丈夫やから！」

彼がきっと来ると私は信じていた。

そうしていたら彼の車が本当に来た。彼女を車の方へ走らせて、続いて私も走った。

元彼は「しばくのはやめろ！」と止めてくれ、友達の彼は「わかった」と言い、手が止まった。安心した。でも私たちがいなくなったあと、再び彼女はしばかれたみた

いだ！　最低だ！

それでも彼女にとっては一番大事な人なんだから……。

このあと、元彼に聞いた。

「なんでしばくん？」

「なんであっしのこと、しばいてきたん？」

元彼は口ごもった。自分が悪いことなどわかっている。感情が押さえきれなかったらしい。

「わからん。なんて言うたらいいかわからんけど……」

としか言わなかった。

男の気持ちがわからないわけではない。

あの時は、彼以外の人間に怒られても怖いものなんかなかった。

自分にとって一番怖い存在が彼であり、一番好きだった存在が暴力をふるう彼だった。

昔は私も友達も、男が女に手を出すなんて最低だと思い、そんな人必要じゃないと思っていた。でも自分の中に強烈な印象を残し、彼の愛が暴力と一緒に私たちには必要だと錯覚《さっかく》していたのかもしれない。

いつか殺されてもおかしくない状況に不満を持ちながらも、友達同士で文句を言い合いながらも、彼の自分への愛が大きすぎて離れることができなかった。

あのころ、成熟した人からの愛を感じられなかった未熟な私たちには、暴力という形で出た愛でも愛されたかった。

暴力が原因で別れを告げると、彼は泣きながら「もう絶対しない」と約束して、でもまた暴力をふるう、の繰り返しだった。彼も悪いことだとわかっている。そのあと自己嫌悪に陥る。でも一度手を上げてしまったら、また手を出してしまう。危機にならないとなくならないし、危機が過ぎるとまた手が出る。一度暴力をふるってしまったらやめるには時間がかかるし、完全にやめることは本人が変わらないといけないのだと思う。

彼は暴力をふるうことはあったが、同時に兄のような存在で私を数々救ってくれたのも確かだった。

私は確実に愛していたし、彼も確実に私を愛していた。

私がシンナーを吸ったことで彼にしばかれたとき、私の友達が彼に、

「なんでしばくん？　しばいてなんかあるん？　しばいても何も解決しないやん！」

彼は、

「しばかな藍はわからんやろ？　しばいてでもやめてほしいねん」

と言った。

これは正しいのか？　それとも間違いなのか？

わからないけど、私にとって一番嫌いなものが暴力であったが、ある時期、彼の大きい愛が一番好きでもあった。それがどんな形をしてても……。

暴力が悪いことなど誰でもわかってる。でも貴方《あなた》のためを思う暴力は悪いことなのか?

今ならはっきり答える。

「はい。悪いことです」

私が言うのもなんだけど、暴力から逃げることさえできなくなったら困るから。暴力に逃げ場はないから、それに気づいた時点で早く逃れてほしいと思う。

私は目に傷を受けた。

心の傷は一生消えない。私は一生この傷を背負って生きていく。これも思い出の一種だと自分に言い聞かせて……。

友達の妊娠

妊娠、それは一四歳だった私にはほど遠い話だった。

セックスの経験がなかったわけじゃない。いちよ毎月心配なんかしたりしながらも、ほど遠い話だと感じていた。年齢に関係なく、女は身ごもる立場にいることなどたいして考えていなかったような気がする。


グループの一人のあみがある日学校を休んだ。あみは、めったに学校を休むことなんかない子なのに。さぼることはあったけど、「しんどい」なんて言葉を使って休む子じゃあなかった。だから「どうしたんだろう」なんて考えてた。

あみは立ち上がれないほどのすごいお腹の痛みがあったみたく、病院に行ったらしい。そうすると医者から「妊娠の可能性がある」と告げられたとのことだった。病院では検査薬に出なかったみたいだけど、産婦人科に行くように言われて、痛いお腹を抱えながら、不安感に押しつぶされそうになりながら産婦人科に行ったところ、「陽性」だったみたいだ。

私たちグループのみんなは、学校が終わるころ、あみからその事実を電話で告げられ、急いであみの家に向かった。あみは疲れはてた顔をしながらも、どこかうれしそうな表情を浮かべていたのを覚えている。

私たちグループお決まりの語り合いが始まった。

私たちはあみの気持ちを聞く前に、「産むのはやめときや」みたいな感じで言ってしまった。私たちもあみの考えていることぐらい、だいたいわかる。「産む」って言うんだろうなって……。

あみのお腹の子どもは別れた彼の子だった。

一五歳でシングルマザー……はっきり言って無謀《むぼう》すぎる。

そうするとあみは泣きながら、

「どうしても産みたいねん。どうにだってできる。病院行くときも着いたときも不安でいっぱいやったけど、病院のガラスで自分の姿見たときに、あっし背低いし小さいのに、こんなかに赤ちゃんいるんや！って、もう一つの命がこんなかにあるなんてすごいなぁ～って思ってん。そう思ったとき、産みたい！って思ってん。しんどいかもしれないけど、頑張れる！　この子のためなら水商売だってなんだってできる」

「産みたいねん」

と、彼女は少し大きな声で、言葉にならないぐらい心でも泣いて、涙をこぼしていた。

私は彼女のその姿を見てすごく感動した。自分との距離を感じた。彼女は数時間でこんなにも母親になってたんだ！　病院のガラスに自分の姿が映ったとき……っていうのがすごく意味深に聞こえて、その情景が私の頭の中に浮かんでた。

彼女の姿を見たとき、とてもじゃないけど、私たちがなに言ってもしょうがない。

こうなったらトコトン一緒にやってやろうじゃないか！なんて考えてた。産むことが無理なことだとわかっていても、一度でも産みたい！って女なら絶対考えると思う。彼女が泣きながら語ってくれたあの姿を思い出すと、なぜ虐待が起こるのだろう？なんて考えてしまう。まぁ〜そこはおいといて。

原稿を書きながらあの時の状態を思い出した今、心が苦しくなる……。

加奈はそういう彼女を見てもやめとき！と言ってた。彼女は「嫌やねん」「産みたいねん」って泣きながら訴えてきてた。

それを横目に、私は一人であみの将来の子どもの名前を考えてた。ケイタイでどんな漢字があるのか変換しながら「あっこれいいかも」なんて言いながら一人もくもくと考えてた。

あみと私以外のグループの二人（さやを含めて）は、「現実」というものを見られる人間だった。彼女たち二人も私みたく産んでほしい気持ちは一緒だったと思うけど、彼女の幸せを考えて「やめろ」と言っていた。でも私ははっきり言って、あみに赤ちゃんを産んでほしかったし、シングルマザーでも私たち四人が力を合わせたら、なんとかなるだろうなんて考えてた。そんな簡単じゃないんだろうけど、ただ「大事な友達の可愛い赤ちゃんを見たかった」それだけだった。

自分でも無責任だと思うし、そう言われてもしょうがないけど、いつだったか二人で夜景を見ながら、彼女に「あの時、藍一人でも喜んでくれる人がいてよかった」って言ってもらえて救われた記憶がある。

私が横でもくもくと名前考えながら「これどう?」なんて言ってるから、みんなもだんだんその空気になってきてた。「じゃあ頑張ってみよか」って、あとの二人がそうなったときの彼女の顔を私はこっそり見た。隠しきれない喜びが、まだこの世に存在しない命に微笑《ほほえ》みかけていた。

あの時の彼女は私より遥か大人に見えた。

あるおばあちゃんがこんなことを言ってた。

「女っていうのは年齢に関係なく、子を授かったとき、母性本能が生まれる」と……。

それからは楽しかった。

「じゃあ海行けないやん」

「行けるけど、冷やしたらあかんもんな～」

「じゃあ来年みんなで、祭り、行くときは赤ちゃんいるんちゃうん?」

「そうやな、一緒やなぁ～楽しみやわ」

「赤ちゃんの名前、〈優永〉はどう?」

「永遠に優しい子に育ってくださいって意味」

あみは、かなりいい名前だと、女の子が産まれたら優永(ユウナ)にするって言ってくれた。

もしあの子がこの世に存在してたら、きっと女の子だったなって思う。彼女も女の子がほしいと言っていたし、女の子の名前しかぴったりなのが出てこなかったし、私はそんな気がする。


加奈の提案で、あみの元彼にいちおう連絡することになった。

そうしたらあみの元彼は、「一緒に育てよう」って言ってくれたんだ。私たちはみんなで飛び跳《は》ねて抱き合って喜んだ。あみは泣きながら喜んでた。まだ元彼のこと好きだったんだと思う。

帰り道、私は加奈にこんなことを言っていた。

「なんかわからんけど、今の子、生まれない気がするわ……」

「なんでなん？」

「下ろすのか、落ちるのか、それはわからんけどこの世に出てこない気がする」

なぜそんなことを言ったのか自分でもわからないけど、そんな気がしたんだと思う。

この勘《かん》がはずれたらいいなと言い合いながら、簡単に話は終わったけど、私がちょっと吐いた言葉が現実になるんだ……。

あみは自分の親には協力してもらえず、私の母に話して産婦人科に連れて行ってもらった。もちろん病院にかかる費用もない。母が診察代も出してくれて、三人で腕がいいと評判な産婦人科に行った。

出血していたから心配だったんだ。

やっぱり大人が協力してくれないと、何かとややこしい。

病室から出てきた彼女は元気なく話してくれた。

医者に、こんな若い年で妊娠したことを説教されたみたいで、あみは産むつもりなのに下ろすことを前提に話をされ、産むと告げると、「そんなことできるわけないやろ」みたいなこと言われたようだ。私はそれを聞いて怒りに入ってしまった。

彼女が一番大変だとわかっているし、ただでさえ出血していてしんどい状態なのに、何も知らないで言う医者がきしょすぎた。診察室のドアを開け、

「おまえ何言うとんねん！　そんなこと医者が言うていいんか？　いい加減にしろ！」

そうすると医者は、母に向かって、

「お母さん、自分か？　どんな育て方してん？　こんなガキになんでこんなこと言われなあかんねん！　そっちがいい加減にしてくれないか！」

私に言わないで、母に言うんだ！　最低な医者だった。

あとで聞くと、腕はいいが口が悪くて評判な産婦人科だったみたいだ。三人ぐらい医者がいて、特に一人の男が最低だった。

「おかんには関係ないやろ！　誰のおかんにそんなこと言うとんねん！　育て方とか関係あるんか？　いい加減にしろや！」

母にも言われて、私は診察室から出て行かされた。

無謀なことなど、さんざん言われてわかっているのに、医者までもが言うな！って思った。説教されるために医者に行ったわけじゃない。私たちは赤ちゃんが今どのくらいか調べるために行っているんだ。でも説教たれる医者は少なくない。ここ以外にもあった。彼女は簡単になんか考えていなかったし、「最近の若い子は！」でかたづけてほしくない。

とりあえず妊娠初期だと言うことだけわかって、病院をあとにした。

それから元彼とは、よりをもどして再び付き合うことになったみたいだ。でもいろんな問題だらけだった。彼氏も今回は下ろしてくれと言い出すわ、親とは壮絶なバトルを毎日続け、つわりでしんどいのに精神的にボロボロだったんだろう。

彼氏から、「ごめんな、今回は下ろしてほしい。これからもおまえとは一緒にいるし、次は絶対産もう」と言われて、とうとうあみは下ろすことに決めたんだろう。

なぜ一人でも産むと言い、あそこまで産みたいと言っていたのに、別れてた彼氏に言われたら、簡単に下ろすの?……と勝手に思ってた。私は可愛い赤ちゃんが見たかった。

今だからわかる。みんなに言われすぎて、本当にやっていけるのか不安になっていったんだろう。ただでさえ不安なのに、協力してくれる人はいなくて、お金の面でも不安になったんだと思う。もうしんどすぎたんだと思う。

さっきも話したけど、あとになってから彼女と地元の山に行き、岩の上で夜景を見ながら話した。きれいすぎる地元の光に酔ったのか、私たちは語り出してた。きれいすぎるあの時の夜景が目に焼きつき、何を話したのかよく覚えていないけど、彼女は下ろしてから未だに癒されていないこと、少しも癒されることなく、下ろしたことが本当によかったのか、後悔すらしていた。

彼女は下ろした今、幸せなのか？

下ろすことが正解でも、彼女の幸せにつながったのか？

今の彼女が幸せじゃなくって、それは正解だと言えるのだろうか？

「藍だけは産んでほしいって言ってくれて、うれしかったわ〜。あの時みんなに下ろせ！って同じことばかり言われてたから、藍の言葉で助かったわ。ありがとう」

「優永って名前めっちゃかわいーし、かわいい名前をつけてくれてありがとうね」

下ろすということがこんなにも心の傷になるんだ。


彼女はまた半年後に妊娠することになる……前と同じ彼氏で……。その子もこの世に存在しなかった。今回は彼女は本気で産む気だった。でも無理やり病院に連れて行かれたみたいだ。

「藍〜、もうあっし産めないかもしれない」

彼女から電話があった。

「逃げ出したくなったらタク（シー）に乗ってでも、あっしの家おいで！　こっち来たらタク代出すから」

「わかった」

「何かあったらすぐ電話しいや」

そう言ったけど、結局電話があったのは下ろしたあとだった。下ろしたあと、彼女のところに行き、疲れはてた彼女の顔を見て泣きそうになったことを覚えている。彼女は泣く元気さえなかった。

「もう男がきしょい……」

ボーッとしながら、それだけ言っていた。私は何も言ってあげられなかった……。

あれからだいぶたった今、二人で妊娠したときの話をよくする。

「次は絶対産みな！」って、こりずに、それでも産みな！と言ってる私がいた。

自分もそう言ってもらいたかったから……。

シマイハン

シマイハンっていうのを簡単に説明しよう。中国のある地域に存在するものだ。家族より絆が強くて、一生助け合っていく友達のことをいう。そして神に友達だと誓いに行くほどだ。「私たちをお守りください」って。

テレビ（世界ウルルン滞在記）を見ていたときにシマイハンの特集をやってて、「これだ！」と感じた。私たちの昔の関係の謎が解けた。

愛し合いすぎ、そして壊れた、中学という時を一緒に過ごした「友」を紹介しよう!!

カスミソウ

とっても優しい心の持ち主だった。優しさが裏目に出たとき、「自分という芯《しん》がない子」と言われていた。でも私には見えていた。優しすぎる心が……。そして繊細《せんさい》で崩れやすかった。かわいそうなぐらい心が透きとおっていた。心が壊れて「おかしくなった」と思われる姿を何度か目にした。

彼女を花にたとえるなら、私が一番好きな花、カスミソウだった。色が白で目立つ色ではないけど、必ず花束には添えられていて、ほかの花の引き立て役で陰に隠れているが、なかったら何か物足りなくて、なくて初めて気づかれる存在。

それが私の抱くカスミソウだった。私がなりたい女性像がカスミソウだった。でも個性がきつい私にはなれることもなかったが、彼女を見ているだけでカスミソウを見ているような気分にさせてくれた。

今では全然昔とは違って、おかしいぐらいに明るくなった。花で言うならバラになってしまった。今の彼女を見ていると楽しそうだけど、カスミソウが好きな私にとってはどこか淋しい。彼女は今、バラだけど、私は信じてる、カスミソウの部分が心の底にまだある！って……いつまでもカスミソウであった心を忘れないでいてほしい。彼女はもしかしてバラとカスミソウ、二つのきれいな花を持っているのかもしれない。

ツクシ

見た目は、何を考えてるの？といった面がある。だからこそ私は彼女を知りたくて彼女に興味を持った。人に合わせる優しい心を持ちながら、陰《かげ》で自分を持っている女性だった。私は彼女をわかるのが一番難しかった。きっと将来いい女になるだろうな、って思うぐらい、だんだんすべてがきれいになっていく。

外からは見えないし、彼女自身も気づいていないかもしれないけど、密《ひそ》かに思う愛が大きいから。今では自分の意見も言うようになったけど、昔の彼女は全然言わなかった。

たとえて言うならばツクシだった。ツクシは雑草ではあるけど、どこか懐《なつ》かしい心が芽生える。小学生のころ、学校の帰り道に見つけたらつんで帰ってきてた。きれいなわけでもないし、何がいいのかわからないけど……。

本当は強い。でもその強さは自分に厳しい！っていう意味でだ。自分に厳しいから、人に「そこまでつらい経験はない！」って言えるんだろう。周りはそれを信じてるけど、私はそうは思わない。彼女は十分つらい思いをしている。見えにくい場所で……。

たとえば、私が誰かの死で泣き崩れていたとしよう。泣き崩れる私を見て、彼女は心を痛めてる。でもその心を痛めているとこは隠さないといけない。だってつらいのは私だから。もし彼女が泣いたら、「何でおまえが泣いてるんだ」となる。そして私を支えるために自分は泣けない。その隠さないといけないつらさを彼女はしてきている。

中学のころは、まだ彼女のそんな姿に気づいていなかったけど、自分に厳しい彼女を見ていると、今では「何をいちいちくよくよしてんだろ」って、自分のことがアホらしくなってくる。そんなすばらしい「花」を彼女は持ってる。

ヒマワリ

もう彼女とは昔みたいな関係はない。彼女とは一度嫌い同士だった。愛しすぎたから疲れた。愛しすぎたから離れるときの感情も大きかった。だから離れたときの嫌いの度も大きかった。好きの度が大きかったから……。

でも、今になってようやく言える「大切な出会い」だった。

彼女はみんなから好かれていて、花で言うならばヒマワリだった!! とにかく明るい彼女は好かれていた。

でも身近にいる私たちは、本当の意味で彼女が自分の弱いところを見せられる友だったから、彼女のストレスのはけ口だった。みんなに光をあげる彼女のストレスは大きすぎた。だから最終的に私たちが疲れてしまった。彼女は、みんなに偉大な光をあげる分、癒しの水分も人より必要だった。だからすぐ近くにいる私たちの土からも水分をとった。次第に私たちは枯れていった。だから、復活できるように、彼女から身をひいた。

ヒマワリは元気で明るくて、背がみんなより高いから、みんなに光をあげられる人間だ。でも、そのすぐ近くにいる私たちは彼女の陰に隠れて、湿気でじめじめしていた。そして彼女は、みんなに光をあげすぎて自分の分の光までもあげてしまった。ヒマワリはきれいだけど、枯れたら手入れが大変だ。その役目が私たちだった。

彼女はみんなに元気をあげすぎて、自分の手入れをする元気が残ってなかった。それが彼女のいいとこでもあった‼　他人を思いやれる性格だから……でもそれが私たちには負担だった。

私たちのことでも、自分のことのように泣いてくれた。でもその陰に隠れた彼女の欲望を、一緒にいすぎた私たちは感じとってしまっていた。

「同じように自分を愛して」

彼女は自分が私たちを愛すように、私たちにも、同じ、いやそれ以上を求めてきた。目に見える愛し方を……。

私たちの愛し方はそれぞれ違った。同じようにというのは無理だった。だから無理をしていた。彼女は、私たちのためにやっているんだ、と言い聞かせて……だから友達をやっていけた。でも無理をする関係はいつか限界がくるんだと思う。

人を愛せるヒマワリは自分のこともそれ以上に愛していた。だから欲望が知らずに出てきてた。自分のことを愛しすぎているヒマワリは、自分から私たちのもとから身をひいていった。

ほかにもう一人いた。でも彼女は自然と私たちから離れていった。それはそれで私たちも知らぬ間に手放していた。だから強く結ばれたのが私を含めた四人だった。

私を花にたえるならと考えたが、自分ではどうしてもわからなかった。

よく言えばタンポポかな……。

タンポポの根っこは何メートルもある。芯がすごく強く、自分の信念を持っている。

黄色のかわいい花を咲かせるけど、じつは雑草だ!!

かわいいタンポポだけど、花としては認めてもらえないでいた。
春にはきれいな黄色で飾るけど、冬には風や人の息で、つくり上げた白い結晶は壊れる。そしてきれいじゃない根っこの部分だけが残る。でもその壊れた結晶は、次の春にきれいにいっぱい咲くために飛んでいったのだ!! 壊れてまた咲いて、でも自然と気づかないうちに増えていってた。周りの環境によって少しずつ増えていく、それが私だった。でも根本的な根っこはしっかり持っていた。

こんな全然違う「花」を背負った私たちがいた。それぞれ違いすぎるけど共通点があった。大きさ、色、形、全然違うけど、一本の緑色の誰も目を止めない雑草ではなかった。花があった。そしてプラス、マイナス、どちらも持っていた。そして「淋しがりや」の集まりだったような気がする。

しばりつけ、おしつけ、さらけ出す。

それが真実の友と言えるのだろうか……。

私たちは人一倍「真実の友」はどこにあるのかこだわっていた。

どれが真実の友か、心で感じるんではなく、分析していた。


何かおかしいと感じ出していたあの日から、私たちのシマイハンは終わりに近づいていたのかもしれない。

ただ、そこしか居場所がなかった私たちに、それを壊すことなどできなかった。おかしいと言い出す者はいなかった。

ただあの日、私たちは将来がないかのように感じていた。

そこまで追い詰められていた。

そこまで「真実の友」という言葉で苦しめられるなら、そんな真実の友なんかいらなかった。「それは真実の友じゃないで」って言われてもいいから、私たち流の友でよかった。

Ⅲ

魅力的な教師

生徒から信頼を受ける教師
親から信頼を受ける教師
みんなに嫌われる悪役の教師
みんなから信頼を受ける仮面教師
親からも子どもからも信頼を受ける無難な教師

普通に学校の仕事をしてるだけの教師では、信頼はもらえても魅力など感じない。度が過ぎるぐらいの教師のほうが、信頼はもらえなかったとしても魅力を感じるのかもしれない。子どもは教師に信頼など求めていない。「魅力的」という言葉を求めてるんだと思う。
魅力からの信頼もある。魅力から始まった信頼のほうが分厚いものがある。
薄っぺらい信頼などいらない。

「この教師はなんか変わってるなぁ〜」とか
「この教師はいちいちしつこいなぁ〜」とか
「この教師はなんでこんな熱いん？」とか
「この教師はいつも短パンでさぶくないんかな？　じゃあ、あだ名は……」でもいい。
「この教師はほんまに教師なん？　教師が会議さぼってもいいいん？」なんか、私から見たら素敵な教師だ。

親は教師にうわべの信頼を求めてる。子どもは違う……
普通じゃなにもひかれない……

中一の時の担任は男だった。ユニークな先生だった。生徒から好かれていた。なにかとイベントごとをする。もちろん私たちは授業より、お菓子を食べながら、ジュースを飲みながら、ビンゴゲームをするほうが余裕で楽しい。

先生にはあだ名までもがついていた。自分で最初の紹介のときに、生徒からはあだ名で呼ばれてることを話した。それからはもちろんあだ名でみんな呼ぶ。

他校の子から聞いた話だ。

先生に敬語でしゃべらないといけない。「○○先生」と言わなければならない。もちろん教師をあだ名でなんか呼んではいけない。

そういう中学校が実際あるみたいだ。

なにふざけたことをぬかしてるんだ！と思った。

敬語で信頼など生まれるか！と思った。そんなんで生まれた信頼など本当の意味の信頼かと……。社会を教えるためなどと言う教師なら、つい「中学の教師辞めれば？」

と言いたくなる。社会など自分で学んでいくものだし、今、大人に対して敬語が必要などと、へんな言いがかりをつけるな！


話を元にもどそう。

この先生に、次も受け持ってもらいたいと思った。でもそんなに世間はうまくはいかない。

中二の時のクラス替えでは、友達と見事に引き離された。しかも担任は、まじめな女で気難しそうな人だ。あの時は本当に最悪だった。こんなクラスで一年やっていくのかと思うと耐えきれなかったのを覚えてる。

「みんなは一人や二人は友達がいるのに、なんで自分のクラスだけ見事に誰もいないねん」

そのまじめで気難しそうな女の担任が、中学二年生から卒業まで担任を受け持ってくれた私の大好きな山田先生。

中二の最初のころは、担任が嫌で嫌でしょうがなかった。って言うか教師全員を毛嫌いしてた。

そのころの私は、好きだった中一のころの担任も嫌ってた。

あのころの私は、とにかく教師との間に壁をつくっていた。

なぜ嫌いになってしまったのだろうか……。

たぶん私をみんなから引き裂《さ》いた教師にむかついたんだろう。

捨てられた気分だったんだろう。

クラスの雰囲気はほぼ担任のやり方で決まる。

中一の時のクラスでは、みんなの好きなやり方で班をつくれた。もちろん私たちは好きなもん同士がいい。

それが、担任が変われば、中二ではくじ引きだ！

かなり山田（先生）にどなりつけた。おかしいって……。でもどんだけ言ってもくじ引きだ！

「友達同士が同じ班になってしまったら、うるさくなって授業がしにくいから！」っていう教師の考えが見え見えで余計に腹が立つ。

「うるさくしないから！　うるさくしたらくじ引きにしたらいいやん！」

それでも山田は頑固《がんこ》にくじ引きだと言い張る。

いろんな友達と接したほうがいい！とかいう言い分は飽《あ》き飽きだし！

もちろん授業にさしつかえるっていう考えもあるだろうけど、もしかしたらあれは……って考えることがある。

そのあれとは、

私たちは友達がいるからいい！　友達と組めるんだもん！　ただ、あまり友達になじめていない子もいる。その子たちはいったいどんな気持ちなんだろう？　もちろんくじ引きのほうがいいに決まってる。最後に一人だけ自分の名前が黒板に書かれるのなんか嫌に決まってる。

山田のやり方は正しかったのかもしれない。

わからない。でも私は友達と同じ班になりたかった人間だから、くじ引きでも、裏工作をしていた。友達に交渉してかえてもらったりした。

〈例〉もし私が一班で、仲がいい友達が二班だとする。ほかの仲がいい子が一班と二班に別れているのなら、私か友達と交換すればいい。

ちょっと嫌そうにしてる子もなかにはいたけど、そんなのはこっちの言うことを通す。半脅《はんおど》しと見る人もいるだろう。それぐらいならいいだろうと子どもながら考えていた。

中一ではなにかとイベントがあった。

中二ではまったくそんなのなしだ。

ギャップの違いに嫌気がさした。

「田上！」と教師に呼ばれたら、とりあえずどなっていた。見る見るうちに私は教師に背を向けていった。かっこよく言うと、心を閉ざしていった。

それがある日、私が先生に呼び出しをくらったあと、一年の時の担任が二人で話をする状況をつくってきた。

「田上、最近どないしてん？」

「何が？」

ふてぶてしく私は言った。このころは素直に大人の話なんか聞けなかった。

「最近なんかおかしいぞ！　どうしたんや？」

私は思春期に入っていらだってただけだし、いろんなやりきれない気持ちがあった。大人の言うこと言うことに疑問を持ち、大人の言うこと言うことが腹立たしかった。

人生の教科書を読んでる大人に腹が立ち、たとえわかっていることを言われても、納得なんてできなかった。

なにかと揚《あ》げ足を取っていたのかもしれない。

まだ言葉数の少ない私には、今自分が頭で思った考えをなんて言ったらいいのかわからなくて、なんて相手に説明しようかと必死だった。だからどなったり、きれてる口調で言っていた。どう表現したらいいかわからなかった。だんだん言うのもめんどくさくなってきてた。でも私は言いたい人だから、なにかと言うほうだけど、自分が今どういう状態なのかは言いたくない人だ。

自分の考えは言えるけど、自分の気持ち、自分の今の状態は言えない。

かっこ悪い。恥ずかしい。

今自分はしんどいとか、悩んでることとか言えなかった。本当は涙もろいのに泣いてる自分なんか見せたくなかった。だからと言って今とは違ってまだこのころは、「田上は何も考えてない子」「考えない子」など思われたくなかった。

だから大人が言ってくる言葉には言い返せてきたけど、どうしたんや？とか私自身のことを聞かれるとすごく困る。

「別に……」

それしか言えなかった。


この話し合いのあと、加奈から聞いた。本当か嘘かは知らないけど私は信じてる。

「さっき話しててんけど、藍のこと心配してたで」

一年の時の担任との会話らしい。

「そうなん⁉」

「なんかなぁ〜、一年の時に問題児に取り上げられてたんが、藍と加奈やったらしいねん。それに藍は先生に心許さんところあるやん。だからどっちかっていうと藍のほうが問題児に取り上げられてたみたいやねん」

加奈は問題を起こしても先生の話は聞くし、謝るし、先生になついていくところがある。先生にもオープンで、先生からも気に入られるタイプだ！

それに比べて、私は壁をつくるから先生的にはやりにくいんだろう。それはわかる。

「そうやなぁ～」

「藍と加奈はクラスを離すことは決定やったみたいで、加奈はそのまま受け持つって話になったみたいで、藍は誰が受け持ったら一番いいか考えたらしくて、女の先生やったら心開いて話できるんちゃうかってなったらしいねん」

「女とかそんなん意味わからんわ」

女の担任は一人だけだった。でも理由が女だったら話ができるとかそんな簡単なことじゃないわ！と思ってた。

「そうやな。加奈も言うたで！

それは先生らの間違いやったな。藍はそんなんでこうなってるんじゃないって。そんな簡単に考えてる子じゃないって……。

ほんなら言うてたで！」

「なんて?」

「そうやな。田上のこと受け持ちたかった。あんときに先生が無理言うても引き受けたらよかったな。お前ら二人とも。でも先生も○○らも受け持ってるし、ちょっときついものがあったんやと思うねん」

って言ってくれたみたいだ。男子で問題児と言われてる子も引き受けて担任になった。それが問題と言われる女も男もみんな引き受けて、受け持つなんてそら大変なことだ。

うれしかった。そうやったんや! って笑顔で思った。

奇麗事ばかり並べてるんじゃないし、本心で言ってくれてるんや! って……。

加奈が先生に言ってくれた言葉もうれしかった。ありがとう。

奇麗事を言う教師が魅力がある教師とは思わない。本音を言って本気で対面してくれる教師が魅力的な教師なんだ! 気づいていないだけで周りにいっぱいあると思う。

考えてほしい。

いい教師と魅力のある教師とは違う。

それから徐々に山田に対する態度を変えていった。まだ反抗的な部分はあるけど話のできる関係に……。

徐々に私と山田は「親子みたい」だと言われるようになった。廊下で「田上～」と叫びながら私を追いかけてくる。私は笑いながら逃げる。給食時間になるといつも来る。

「山田きたで！」友達の声に気づく。また～っと顔をしかめながら迎えにくる。私の制服の裾《すそ》をぎゅっと握りしめて……。

「わかった！　逃げへんから離してや！」

「はい！　早く行くで！」

そんな私の戯言《ざれごと》なんか無視だ！

ほんとおかしい。コントをしてるみたいだ！

家庭訪問のとき、山田に反抗して私は居間から出て行き自分の部屋にもどった。山田の言ってることはおかしいとどなりつけ……。

出て行ったあと、私のことで山田は泣いてたみたいだ。その話を母に聞いたとき、私の心にグッと突き刺さるものがあった。

「あのあと、山田先生泣いてたよ」

「まじで〜」

悪いことをしたなと自己嫌悪《けんお》に苦しんだ反面、うれしかった。

私の目の前で泣くのと私のいないとこで隠れて私のことで泣くのとは、けたが違う。

まぁ言えば山田は赤の他人だ！　それなのに泣いてくれるのがうれしかった。どんな理由で泣いていたのかくわしくは知らないけど、それが、「こんだけ頑張っているのに、なぜ田上は言うことを聞いてくれないんやろう」という理由だとしてもいい。心配して泣いてくれてなくてもいい。

どんな理由で泣いていたとしても、私のことで泣いてることには違いない。

謝ったりそんな素直なことができない私だから、「明日、山田に、あっしからおはようと話しかけよう」と思った。普通のことかもしれないけど、私にとってはこれが大きな勇気だし、きっかけとなるのだ！


中三に上がる前、放課後の教室で山田と二人で話してたとき、

「あっし三年も山田のクラスがいいわ！」

さりげなく言ったが、素直じゃない私はかなり勇気をふりしぼった。

私は山田の言うことを聞いていなかったし、落ち着いてなんかいなかったし、田上は山田先生の言うことを聞かないから、三年は山田じゃなくてほかの担任のクラスになるって話をどこかで耳にした。

だから最後に言いたいな、と思ったのだ！

それが、中三の始業式の日、クラス発表を見ると、なんと担任は山田だった。友達とはまた引き離されたけど、担任が山田っていうのがうれしかった。初めから友達と引き離されるやろうなっていうのはわかってたからなのかもしれないけど、友達と一緒のクラスになることよりも山田が担任だということがうれしかった。

大喜びしてた私がいた。

クラス発表を見たあとで体育館に集まり、始業式が始まる前に生徒指導の先生が来て、

「山田先生が、三年も田上の担任を持ちたいって自分から言うてたで。山田先生、あんま困らすなよ」

「わかってるって～」

笑顔で話したことを覚えてる。うれしかった。私の気持ちはちゃんと山田に通じていた。

山田から私の担任を持ちたいと言ってくれたことがうれしかった。自分から誰々を

持ちたいとか言う教師だとは思っていなかったし、三年の担任は山田じゃないと思っていたし、私の希望と山田の希望が一致したことがうれしかった。

私は山田にかなり迷惑かけてきた。とことん裏切ってきたのに、それでも私にくっつき、私のことを見捨てなかった。とても赤の他人だとは思えない。


今の私がいるのは山田のおかげだと思ってる。あの時山田に見捨てられていたら、私は教師という職業をうらんでいただろうし、大人への偏見ができていたかもしれない。私は山田がいたから中学生活がいい思い出であるし、教師という職業は本来すごく素敵なものだと思えた。いろんな教師がいることを知った。見捨てられていたら、教師を見つめることも、見ることとすらなかっただろう。

今の社会を見てると、生徒に同情してしまうことがある。魅力のある先生に出会わなかったことを……。

私は教師全部を否定なんかできない。「今時の教師は！」なんて言葉、使いたくない。実際魅力のある教師はいる。数はたしかに少ないかもしれない……ただ魅力のある教師を見る目が親にあるか聞きたい。私も含めて私の周りの友達の親は魅力のある教師を見れてたから、先生もやりやすいところがあったと思う。周りが、そして校長が見れていない！　魅力がある教師など必要としていない。だから魅力がある教師が減ってきてるんではないか？

（人生の）教科書を読む教師はいい先生であるのかもしれないけど、薄っぺらい信頼のある、親から支持を受ける教師だったとしても、魅力的な教師なんかじゃない。

私たちみたいな生徒が本当の意味で心を開くのは、（人生の）教科書を読むいい教師なんかじゃなくて、教師の肩書きを背負ってない、ある意味へんてこりんな「魅力的な教師なんだ！」

劇団ひまわり

一度はみんな憧《あこが》れる夢……私にも芸能界に憧れた時期があった。なんかあの華やかさが素敵だった。自分も芸能人みたく華やかになりたかった。

いつも読んでた雑誌を見たとき、ふと一枚の記事が目に入った。

「あなたの夢かなえます」

お母さんに話してみよう！と思ってそのページを切ってポッケにしまった。

すぐには話せなかった。母になんて言われるか不安で、なかなかポッケから一枚の紙を出せなかった。でも勇気をふりしぼって、その一枚の紙を母に見せた。

そうすると、「こんなんダメよ」。

なぜそう言われたのか、未だによくわからないけど、母はＮＯだと告げた。

でも数日後、いつものように車の中で窓に寄りかかり、大声で歌っていると、「藍にはそういう道もいいかもね。藍には向いてるかもしれない」、そう言ってくれた。「でももうちょっとほかの劇団も見たら?」とのことだった。

次の日、NOだと言ってた母が、一枚の切り抜きを持ってきた。それが「劇団ひまわり」だった。たしか二つの劇団を受けて、書類審査は二つとも受かったけど、結局劇団ひまわりだけの審査を受けに行った。

何も考えずに行った。何をするかもさっぱり知らないで行ったのを覚えている。審査員に「歌を歌ってください」と言われたとき、私はとっさに「カントリーロード」を歌ったのを覚えている。しかも英語で。まぁ、こういうとこは大概受かる。

もう辞めてしまったけど、あの時の私は元気いっぱいだった。
お母さんもあのころの私のこと大好きだろうな……。
辞めた理由はいたって簡単だった。たんに遊びにじゃまだったから……。

ムーンライト・チルドレン

ミュージカル「ムーンライト・チルドレン」
リエ役……田上　藍

このミュージカルは子どもの虐待《ぎゃくたい》をテーマとしたものだった。私には初めて虐待についての勉強する機会だった。

五人の主役がいる。

トモ、ヒロミは、虐待は受けていない役柄。ショウコ、トモコは母親からの暴力の虐待を受けている役柄。そして私、リエは父親から性虐待を受けている役柄。

それぞれ性格も違う五人の唯一の共通点がチアー・リーダーだった。全然違う五人がチアー・リーダーを通して、分かち合うみたいな物語だった。

虐待を受けている子ども時代を私は演じた。

私たちは（リエ、トモコ、ショウコ）、虐待についていろんな情報を集めた。実際自分たちが虐待を受けているわけじゃない。だから資料でちょっとでも役に近づこうと必死だった。

資料を読むと壮絶だった。こんな残酷《ざんこく》なしうちを受けている子が、実際に存在すると思うと親という人物を怖く感じた。

暴力での虐待に関しては、結構資料があった。でも性虐待となると、なかなかなかった。そこまで公表されていなかったし、自分が性虐待を受けていたことを名乗る人がなかなかいないんだろう……。

だから私は、性虐待を受けている人間をわかってあげることにすごく苦労した。どんな気持ちでいるのか、たった何ページの台本と資料をもとにリエという人物を見つめた。リエはそう私から遠い性格ではなかった。

強がりなところ、泣きたいけど涙を忘れてしまったところ、でも涙を思い出してしまったときには、涙をいっぱい浮かべたところ、一人で涙に溺《おぼ》れていたところ、少し離れて第三者で周りを見ているところ、優しいいいところもあるのに、照れて自分のことを他人に見せないところ……私とリエが強がりで、いじっぱりな性格になった道のりは違っても、たどりついた性格が思春期の中にいた私と似てた。

ただ違うところは、私は人に心を開いていないことを、リエみたいに見た目に出していなかった。私があまり簡単に心を開かないことは、心を開いていた友達にしか見えないみたいだった。

だから劇団での私はオープンな人間だと思われていただろう。別にいい。それをねらって私は劇団での私を演じていたから……。学校では調子のって、ダチ以外には冷たく、反抗ばかりしていた。果たして気づいていた人間は何人いるだろう?

私は台本読みのとき、読みながら泣きそうになっていた。ばれないようにはしていたけど、まだ本読みの時点で勝手に想像をふくらませすぎて、リエに入りこんでしまった。台詞《せりふ》だけで自分勝手に、台本には書いていない部分を思い浮かべてた。そうするとリエという人物に同情してしまった私がいた。

私がリエになりきるのはいまいちだったかもしれないが、私の横にはリエという人物が立っていた。

からだの傷はなおるけど
心の傷はふかくなる
心につける薬をください
心につける愛をください

私のソロの詩だ！　私はこの詩がすごく好きだった。すごく共感を持てた。

私も心の傷は深くなる一方だった。なおるきっかけ（心の薬）がほしかった。

難しいのが一人で役を考えて一人で演技に移してはいけなかったことだ。その理由は、大人時代のリエ役がいたから。いろいろ話し合ってから演技に移していった。そしてお互いのリエの演技を見ながら二人のリエを作り上げたんだと思ってる。

おかしいことに、お互い「リエ」と呼び合っている。

だいたい舞台を一緒に踏むときは役名で呼び合うんだけど、私たちは、大人が理恵で、子どもがリエだった。

理恵ちゃんが私の大人時代のリエでよかった。気が合ったから。理恵ちゃんも私と同じくリエを愛していた。

演出家と共演者とみんなで話した。

「どこからが虐待になるのか」虐待としつけの境界線を確認した。

小さい子どもが醤油《しょうゆ》をこぼしたからと叩く、これは虐待になる。悪気がないし、小さい子にはしょうがないことだから。ティシュペーパーを、だめだと言っているのに、いっぱい出す。これでおしりを叩くのはしつけになる。だめだと言って、だめなことなのにおもしろいからする、これはしつけなきゃいけない。

でも間違ってはいけない。おしりを叩くのだ！　ほかはだめ。

演出家が涙しながら話した虐待の話があった。親にしつけと言ってベランダにずっとしばりつけられ、亡くなった子の話だ。

演出家は泣いていた。なぜこんなことをされるのか？

でも演出家は子どもを持っていない。子どもを持っている親なら、虐待してしまう気持ちわかるでしょう？　奇麗事などいらない。わかるでしょう？

自分が虐待していることに気づかない親もいる。そして私たちも見逃してはないか？

子どもは母親のことが好きだから、叩いても叩いても寄ってくる。叩いた数時間後には笑って寄ってくる。これじゃあ虐待してる気にならないよね？　罪悪感にひたってほしい。わかってほしい。だって、確実に子どもの胸には何かしら傷がいっているんだけど、本人ですら気づかないんだよ。

ショウコは虐待を受けてきて、自分が子どもを持ったとき、子どものおびえている顔を見ると昔の自分と重なって、しつけすらできなくなってしまった。わがままをひたすら聞いていた。

トモコは虐待を受けてきて、自分が子どもを持ったとき、自分の親のように子どもを虐待してた。

こんな二つのケースがあると思う。どこかで断ち切らないと永遠に虐待はなくならんのじゃないか？　子どもは親のストレスのはけ口じゃないんだ！

ムーンライト・チルドレンはいっぱい小さい子が共演していたため、楽屋には親がいっぱいいる。たしかリハーサルか本番の日に、共演する子どもの頭を叩いている親がいた。びっくりした。虐待をテーマとした作品を仕上げているのに、何考えているのか神経を疑った。子どもは叩かれることに泣いてはいるけど、なれているかのように見えた。お母さんなんか、叩くのになれた手つきだった。横にいたお父さんも普通のことのように見てた。

ほかにも子どもと一緒に泣いてるお母さんや、いろんなお母さんを見た。素敵なお母さんもいることが確認できてよかったと思う。

でも劇団に無理やり通わせる親や、芸能界に熱心な親がいた。子どもも大変だ。

「パパがね、私のからだを触るの、気持ち悪いの」

リエが恋しくなり、リエに会ってみたかった。まぁ〜ありえないけど、リエという人物を私の中で少しつくっていたし、私はリエが大好きだった。自分の役に誇りを持てた。

再演したムーンライト・チルドレンは二回。私はあの時のビデオテープをたまに見て、わかっているつもりだったけど、リエを全然わかっていなかったのかも……なんて考えている。少し悲しいけど、そして見に来てくれた人には悪いけど、へたな演技をしてしまってごめんなさい。もっともっと虐待の深さを知らないとリエにはなれなかったのかも……。

ようやく今、自分を見つめる余裕ができた私にとって、リエをしっかり見つめられた。

今ならわかってあげられる。

リエ！　ありがとう。

ひきこもり

今かなり問題になっている「ひきこもり」。

私は、ひきこもりになったことがない。いろんな経験をしてきたつもりだけど「ひきこもり」は経験していない。

でも、どんなことで苦しんでいるのか知りたい。

この本は自分の経験にもとづいて書いている。でもこればっかりは頭で理解するしかできない。ごめんなさい。ただ勘違いしないでほしい。経験もしていないのに嘘ついて、心でわかると奇麗事なんか並べたくない。せめて頭でわかりたいんだ。無関心なのは嫌だから……。

そして嘘ついて経験もしてないのに「わかる」と言ったとき、それは貴方を侮辱《ぶじょく》することになるから。貴方のつらさは、経験していない人が語れるほど簡単な問題でもなけりゃ、経験していない人と同じ気持ちになんかなれるはずがない。

私は今まで「経験してもいないで、わかったようなことを言うな！」って思ったことが数々あった。だから自分はそんなこと言いたくない。

私はいろんな人を、いろんな考えを、いろんな生き方を知りたいんだ。


これから先、私がひきこもりにならない保証なんてはっきり言ってない。「ひきこもり」と聞くと、思春期の中にいる子どもを思い浮かべると思う。でも大人にも「ひきこもり」はいるし、大人になってもまだ「ひきこもり」のまま抜けきれない人もいると思う。そうなったとき、誰が助けだすんだろう？

私も外に出たくなくなったことはあった。このままではいけないと外に出ていったし、出ていきたい気持ちもどこかしらあった。退屈だから……。

正確には、周りの人間が、私が一人でいることをほっとかなかった。友達にしても、彼氏にしても、親にしても……。私を大事に思ってくれる人が、常に横に誰かがいた。

私のことをほっとかなかった周りの人間がもしいなかったら、私はひょっとしたら「ひきこもり」になっていたのかもしれない、なんて考えたことがある。わからないけど、私みたいに、ほっとかない周りの人間がみんなにもいたら、「ひきこもり」がこの世からなくなるのか？

「ひきこもり」と聞くと、世間では「まじめな子」を連想すると思う。でも違う。たしかに周りが言う意味では、数は「まじめな子」が多いのかもしれない。でも昔は明るかった子かもしれない。昔は活発だったかもしれないし。本当の自分は明るいのかもしれないのに……。

「まじめな子」というよりは「我慢強い子」と私は感じてる。

私でも「ひきこもり」を心で感じてわかることは一つある。

もう誰とも関わりたくないんだなぁ〜って。

ただ私はそんな、何も解決しない自分の世界に閉じこもる我慢強さがなかった。自分にとってメリットがない世界でやっていくほど、私には「我慢強さ」がなかった。

「ひきこもり」を演じている貴方は我慢強いんだよ。

自分が苦しいのにあえて誰にも話さないで抱えこむ。しまいに何が問題でひきこもっているのか、わからなくなることはないか?

その我慢強さが社会に出たとき、どれだけ大きな力になるか、どれだけ大きな仕事につながるか楽しみだな。発言しても叩かれる。何をしても叩かれるこの社会で、我慢強さが最終的な武器になって、最終的に残るのは我慢強い人なんだ!

こんな将来有望な人間がなぜ「ひきこもり」という名前にしばられ、自分が気づかないうちに、いつまでも「ひきこもり」を演じざるをえなかったりするんだ。

今さら元気に外に出て行けないとか、自分が気づかないうちに人との話し方がわからなくなってたり、外に出たとき、恐怖を感じたり、誰のせいなんだ!と子どもみたいなことを考えている私(子ども)がここにいる。

私が考えた対策を聞いてほしい。

学校での自分を知らない友達をつくるべきだなと考えてる。だから親ができることは、その場をつくってあげること（すぐつくってあげて。もうしゃべりたくない！ってなる前に）。

学校に行かないぐらいで、将来終わったようなぐらい騒ぐな！って感じだ。嫌いやつらい思いして学校へ行くより、その時間をほかのことに使うほうがよっぽどいいよ！　そして学校以外の友達をつくってほしい。

結構学校の友達しかいない子って多いと思う。

私は昔よく習い事をしてたし、劇団に入っていたし、県外の友達がいっぱいいた。いろんなところに行く機会があったから……。だから子どもながら世間を広げてほしい。

永遠のライバル

ここでは母のことを時子《ときこ》と呼ぼう！

私の母、時子は私の母親の前に一人の女性だ！

時子に説教できるのは私ぐらいだ！　時子が家での地位を上げようとしても私は許さない。

だから時子の
「親に向かって」

なんて言葉を私は許さない。時子は間違いなく私の母親ではあるけれど、私は、時子を母親というよりは一人の女性として見ているのかもしれない。時子も私にそんな育て方をした。

「藍のことを一人の女性として見ていく」と言われたこともある。

だから都合のいいときに「親に向かって」などと言うのは腹が立つ。

昔から世間から見る母親の仕事はおばあちゃんがしてきたし、私が見る時子の姿はキャリア・ウーマンもしくは話し相手だ。「母親」の姿をあまり見たことがない。料理がへたなわけじゃない、でもお腹がすいたときはおばあちゃんにいつも頼む。お腹がすいて時子に言うときは、「どっか食べに行こうや！」こんな感じだ！

だから時子とはよく映画にも行くし、レストランだって行くし、旅行だってするし、夜景だって見に行く。プリクラだって一緒に撮る。ケイタイをおそろいで持ったこともある。

「なんでお母さんとそんないろんなとこいくん？　ばり仲いいなぁ〜。何を話すん？そんな話すことある？」

なんて言われたことがある……。

話すことなんかなくても一緒にいるし、話すことなどないように見えて結構いっぱいあるもんだ。学校の話、最近あった話、意味もない話、恋愛話だってする。友達とは話すことがあるのに、親と話すことがないわけない。親に対して壁がなければ……。周りの友達から見たら私たち親子は仲がいいらしい。

私も周りの親子を見てると仲がいいほうなんだろうなとは思う。でもみんなが言ってる意味の「親子仲がいい」わけでもない。というよりは、「女性同士仲がいい」のほうが適切だと思う。

私は言いたいことは言うし、時子も言いたいことは言う人間だ！　だから喧嘩《けんか》なんかしたらそこらへんの親子の喧嘩よりももっとハードだ！　って言うか、こんなハードな喧嘩をほかの人としたことがないし、見たこともない。時子とぐらいだ！

そんなハードな喧嘩が中学のころ、毎日のようにあった。

「お母さんの言うこと聞かないなら、ケイタイ、解約する！」

そんな言葉私はもうなれっこだ！　ケイタイがなくて一番困るのは時子だ！　遊び

まくってたあのころの私に連絡をつけるにはケイタイがなくては困難になる。友達の家に電話することもできるが、私が外にいれば意味がなくなる。時子が私のことを知ってるように、私も時子の考えることなど大概わかる。ケイタイを解約するということで自分の言うことを聞かそうとしてるんだ！　私がケイタイを解約されるのは困ると思って……。だからあえて私はそこで言うことは聞かない。ここで聞いてしまうと、何か言うことを聞かないたびに、

「お母さんの言うことが聞けないなら、ケイタイ解約する！」

それが私の一番の弱点だと思われるから。

今までそうだった。もう何度も同じ間違いを私もしない。

「ケイタイ、解約するから出しなさい！」

「ケイタイなくても解約できるわ！」

時子が私のケイタイを見たくて「ケイタイがないと解約できない」と言ってること

なんか、私はお見とおしだ！　そんなの見せるわけにいかない。友達の番号がばれてしまう。ましてやメールなんか見られたくない。

何を言われても私はケイタイを時子に渡さなかった。それが寝ている間にケイタイをとったみたいで、朝起きたら横にあるはずのケイタイがない。

朝起きて最初に「やられた〜」って言ったのを覚えている。

私は弾丸、時子に電話した。

「ケイタイとったやろ？」

「解約するときにいるから。今日、解約しに行くから」

「だから〜」

もう私は言うのをやめた。解約するときにケイタイはいらないって言っても、どうせ時子はケイタイを見たいだけだから、言ってもしょうがない。それより時子の考えを上回らないと!!　イライラして先走っては、あまりいい考えが浮かばないことを、私自身一番わかっているから。

友達と約束していたから、予定通り遊びに行った。

「藍、ケイタイ切れてるで！」

私のケイタイは母が払っているから切れることはまずない。あるとしたら、それは、ヤバイぐらい家族が貧乏になったときか、時子と私が喧嘩して何か起こったしかありえない。

「おばちゃんと何かあったん？」

友達も私たち親子のことを大概わかっている。

「まじであいつやりやがった！」

親に対して私は抑えきれない怒りが何度も込み上がった。もう私もはっきり言って、時子がそこまでするなら負けてられない。

「ケイタイ切ったやろ？　もうケイタイ返せや！」

「ドコモショップに渡したからない！　もう電話切るよ」

プ〜……

切られた。本当自己中だ！　私が電話を途中で切ると、「ケイタイ代払っているのは誰なの!?」とか言っていつも怒るのに、自分が切りたいときはそんなのお構いなしだ。本当に腹が立つ！

私はドコモショップに電話した。

「すみませんけど、今日ケイタイをそちらに置いてきたみたいなんですけど、まだありますか？」

「お名前は？」

「田上です」

「田上さんのケイタイは引き取ってませんけど」

調べてくれた。ほら見ろ！　どうせこんなことだろうと思ってた。そうと決まったらこっちのもんだ。母の事務所に友達と直行した。

ドンドン……ピンポーン……

何をしても出てこない。居留守《いるす》だ。だって郵便受けから顔を近づけるとコーヒーのにおいがプンプン。

「おんの知ってるねんぞ〜早く出てこいや〜!!」

まるで取り立て屋みたいだ。ここからは母と私の粘り勝負だ。

隣の住人が、「何してるの?」

「お母さんが出てこないんです」

「さっきいたけどね」

隣の人は何も言わずそれだけ教えてくれて中に入った。もう私はこの部屋の中に母がいるのを確信している。

粘り勝負……勝利は「田上藍」 私が勝った!

「何か用? お母さんしんどいから」

いかにも疲れているかのように時子は言った。時子のことは私が一番よくわかっている。二階で冷房を少しかけただけでも「眠れない」というほど神経質で、耳がいい時子に限って気づかなかったとか、そんなことは地球がひっくり返ってもありえない。

「ほんま、しらこいねん！」

「誰に向かって言うてるの！」

ほら来た！　都合のいいときだけ……。

「早くケイタイ出せや！」

「だから、ないって」

「ドコモショップに電話してもう聞いてんけど、貰ってないって言うてるわ！　どういうことやねん！」

「だから、ここにはないの」

「はぁ？　ドコモショップに渡した、言うてたやんけ！　ちゃうんやんかいや!?」

「おばちゃん、ドコモショップ持って行った、って言うてたで！」

私たちは大人なんていちいち気にしていない。だからいくら友達の親でも、間違ったことを言うと文句を言いに行ってた。だから今回も友達が口を出した。まぁ簡単に言うと私たちはイッチョカミだ。

「ここにはないって、どこにあるねん？　はよ言わんかいや！　え〜加減にしろや」

「もうしんどいから出ていって……もうどこに置いたか覚えてないわ」

もうこんなやつと言い合っても意味がない。

「も〜え〜わ！」と言って、私は机の上にあった時子のケイタイをとり、友達みんながいるとこに帰った。

「しばらくおかんの持つからこれにかけて」と言って、番号をみんなに教えると、一人が「っていうか、このケイタイつながってないで」と言う。

私はびっくりして確認した。さっきまで時子が私と話してたケイタイが二〇分後にはつながっていない。

時子は、私がケイタイを持って出た瞬間、電話してケイタイを一時止めたんだ！

私の親ながらこんなパニクって喧嘩してるときによく思いつくなと思った。そこまでするとは思わなかったし、今回は私の負けだった。私が勝ったと思っていたのに。

友達みんなから、「藍のおかん、やり手やな」「藍がおばちゃんの裏の裏をかいたと思ってたら、おばちゃんはそのさらに裏をかいてるな」と言われた。

そこまでいったら、もう私もお手上げだった。ムカつく気持ちよりは、あきれる気持ちが上をいき、「ほんま、うちのおかん、きしょいわ〜」って言いながら笑っていた。ちょっぴり尊敬したりもした。まだまだ私は時子には及ばなかった。


こんなふうに、ちょっと私たちの喧嘩はゲーム感覚のところがあるのかもしれない。どっちが上回るか、どっちがうまいことを言うか。喧嘩している二人はもちろん本気でぶつかっているつもりだし、必死にやってるけど、周りは「またやってるわ〜。またすぐ仲良くなるし、ほっとこ」みたいに「また」がついてる。

私は時子に嘘をつくのは絶対嫌だったし、なんでも話していた。周りからは「オープンすぎる」と言われていた。それが私たち親子には普通だった。

みんなは、親に話してなんのメリットもなかったら話さないし、話してマイナスになるなら余計に話さないみたいだ。

私は違う。話してマイナスになることや怒られることでも話してきた。時子に嘘ついていうか、隠れてやっている自分が嫌で自己嫌悪にさいなまれる。だから罪悪感に負けていつも話してきた。シンナーはさすがに言えなかったけど、私がしてきた数々の犯罪は、自分から時子に話した。万引き、原付に乗ったこと、タバコ、お酒、人をしばく、学校でした数々のこと。


中学のころ、数々母にひどいことを言ってきた。

母にとって、私から言われて一番つらかった言葉はなんだろう?って考えたことがある。私は数々ひどいことを言ってきた。その中でもよく覚えていることがある。

「あんたには一つだけ感謝してることがあるから言うたるわ!

こんな親にはなるな!っていう見本を見せてくれてありがとう」

と言ったことがある。我ながらなかなかおもしろいことを言うたなと思う。

私の親はめげなかった。すごいバトルも二人で乗り越えてきた。私は強い母が大好きだ。

一人の母親がこう言ってた。

「私は親にぶつかれなかった。母がかわいそうだったから。で、藍ちゃんと時子さんってなんでそこまでぶつかりあえるんだろうと考えたの。それはうちの母親は弱かったから私が言えなかった」って……。

私の周りの友達からも母親が弱い！とよく聞く。強いと答えた子は今までいなかった。

私の高校では母子家庭か父子家庭が多い。だからか、いつまでも恋愛をしたい親や、子どもの前で泣く親がいるみたいだ。

親がいつまでも恋愛したいのは別に否定はしない。ただ嫌がる子もいるだろう。私は別にいいが、あまりいい気はしないし、一緒に暮らすことは不可能だ！

それより子どもの前で泣くっていうのにひっかかった。

私の母はテレビを見て感動して泣いたりとかは何度もあったけど、子の前で子のことで泣く、そんなことはなかった。ってゆ～か、そんなことがあったら私の母に対する見方は変わっていただろう。みんなみたいに私の母は弱いなって……。たとえば自分の子が道をはずれていき、ヤンキーの世界に入っていってしまって、子の前で泣くのは一種のあてつけとも言える。

子どもの前で親の事情で泣く、時と場合によるけど、これも基本的にしっくりこない。別に弱い親と思われてもいいならいいけど……。

子の前で子のことで泣くっていうのは、子に対して見返りを求めてるし、ある種の子どもへの期待がある。そんなのずるい！　純粋に泣くなら自分の子どもに見られたくないはずだ！

友達がシンナーを吸ったことで泣いた親がいたみたいだ。それはかなり有効的だったけど、私の母は私がシンナーを吸っても泣かなかった。

泣くのが悪いと言っているんじゃない。見返りを求めた泣きがむかつくだけだ。親という立場で、自分の子に見返りや自分の欲望などを求めたりするのはよくない。子にプレッシャーを与えるだけだと思いませんか？

私はそんなプレッシャーの中で生きる生き方をしていなかったから、のびのびやってこられたんだと思う。時にはプレッシャーが必要でも、私は親からのプレッシャーなどはっきり言ってなかったし、いらない。親子はプレッシャーを与え合う関係がベストじゃない。

笑いながら時子は言う。「私に説教できるのは、藍くらいやわ」

あすか

一生の友達はいますか?

私にはいます。

一生の友達って人によっている人もいれば、いない人もいると思う。

「いる」と答えた人は恵まれていますね。

一生の友達ってそんな簡単にできないと思う……。

年を重ねるごとにいろんな環境が訪れる。価値観も少しずつ変わる。家族ができたり仕事をしたら本当に忙しくなる。現実問題、次第に連絡がとぎれていくものだ。

ましてや中学の時の友達と……。

一人いたらいいほうだと思う。二人いたら多いほうだと思う。

私はあすかに出会い、この子は一生の友達だと初めて思った。それが現実に少しずつ近づいている……。中学一年生のころから今も付き合いがある、友達の中でも特に大きな存在の人物。

「あすか」

あすかがいてくれたから、私は一人になることはありえなかった。
あすかがいてくれたから今の私がある。
あすかがいてくれたから本当の友達を知った。
あすかがいてくれたから私は死ななかった。

このぐらい私の中で大きな存在だ！

小学校のころから親友はいた。でも本当の意味での心の支えみたいなものは初めて知ったのかもしれない。心の底から頼りにしてる。それは何かしてもらう頼りではなくて、自分が本当にどん底に落ちたとき、隣にいてほしいと思う。何があっても離れないと思ってる。

私達も、言葉がないから大親友と言い合っているけど、私はそんなみんなが言う親友だと、今はあすかに対して思ってない。親友なんか薄っぺらい、いつ関係が切れるかわからないものじゃない。一時のもんじゃない。

一番近い存在にいるから親友と呼んでるんじゃない。

一番仲がいいから親友だと呼んでるんじゃない。

何でも言い合うから親友だと呼んでるんじゃない。

約束事をつくっているから親友だと呼んでない。

相談できるからとかでもなくて……

中二の三学期、あすかは神戸に引っ越した。中学生だった私には、電車で一時間半かかる道のりは遠すぎた。寂しかった。今まで毎日一緒にいたのに……。

家は全然反対方向なのに、一緒に学校へ行って
たとえクラスが離れても、休み時間は一緒にいて
どちらかのホームルームが終わるまで廊下で待って、一緒に帰って
門限まで、することもないのに一緒に遊んで
家に帰ってからは電話で怒られるまでしゃべって
怒られてからはおそろいのポケベルでやり取りして

よく親に「それだけ一緒にいて、何話すことがあるん?」って言われてた。自分でもわからないけど話がつきることなんかなかった。真剣な話はつきてもアホな話とかしだしたらきりがない。

そんな私たちだった。このことを親友と言うんだろう。

私が今言ってるあすかとの関係は、そのことを言ってるんじゃない。

あすかが引っ越したあとの私たちの関係のことだ。


引っ越したあとは学校も違う。週末土曜日は私が神戸へ行って、日曜日はあすかが宝塚へ来る。そんなふうに決めていた。でもめんどくさがりの私は神戸へ二回ぐらいしか行ってない。それでもあすかは毎週神戸から朝の一一時に着くように、土曜日も日曜日も来てくれた。

引っ越したら次第に切れていくものだと思う。ましてや中学生で行動範囲が狭い。でも今でもこの関係が続いているのは、私の相手があすかだったからだと思う。

あすかがわざわざ私のところへ足を運んでくれたからだ!

そんなふうにあすかとやってきてわかった……親友というものを。

じゃあ、引っ越したあとは心の友とでも呼ぼう!

私の一番近くにいるのはあすかじゃない。

あすかに昔みたいに何でも話してるわけじゃない。ほかの友人のほうが話してるのかもしれない。あすかのことを親友と思っている子もいる。でも私はあすかの親友がいい子なら問題ない。独占欲も今はさらさらない。って言うよりは仲良くやっていってほしいと思う。私は学校も違うし、いつもあすかの横にいられない、いられたらまた違うのかもしれないけど、あすかの幸せを願う……。

中三の最後にお水をしていたころ、多少連絡がとぎれたことはたしかにあった。私は連絡をとる暇もないぐらい忙しかった。でもお水をやめたときには、自然と連絡をとり合ってまた週末会うようになる。

私の中学校での周りでは、本当の友達というのは、悪いことをしようとしたら止め合える関係、簡単に言うと束縛し合う関係だった。束縛し合う関係ではなかったけど、結果、束縛になっていた。

そんな友達が今から考えれば、アホだった私には必要だったのかもしれない。でもあのころそんな関係がしんどかったことはたしかだった。それに比べ、あすかはいつも見守ってくれていた。

束縛という関係には嘘がついてくる。あすかとは少し距離が離れてからは嘘なんかつかなかった。って言うか、つく必要がなかった。どんな私でも受け入れてくれるあすかに嘘などつく必要がない。

私は相談とかしても結局は自分で決めたかった。だから答えが欲しいんじゃなくて、今考えれば、たんに聞いてほしかっただけなのかもしれない。

あのころ、自分のことをあまり話したくなかった私には、耐えきれないことがたくさんあった。あすかに相談しても、聞いてくれるけど、参考にはあまりならない。けなしてるわけじゃなくて、そんなのんびりしたあすかが好きなんだと思う。

中学のころの私のグループじゃなかった分、あすかには話せるし、あすかはグループの子と言うことが一味違った。

心に残っているあすかとの会話がある。

電話でグループの揉《も》めごとを話してた。私はただ最近こんなことがあってん！みたいなのりで話していた。私は関係ないのに間に挟まれてる話をしていた、そしたら、

「藍、しょうみグループしんどくない？」

私はしんどいわ〜と思いながらも、こんなこと思ったらあかん！　みんないい子や！ってストップかけていたし、しんどいのはみんなが悪いからじゃなくて私が悪いんや！って……。

その力はなんかよくわからないけど、グループのことをしんどいと思う半面、人の、ましてやグループの悪口なんか言いたくなかった。悪口ではないけれど他人から見れば悪口になる。

「そんなことないで！　みんないい子やし、誰がしんどいとかじゃなくてこの状況がしんどいだけやねん！」

「あすかやったら、はっきり言うて藍らのグループしんどいで！」

自分に関係ないことをいちいちあすかが言ってくると思ってもみなかった。私はあすかの言葉を聞いて、そうなのかな?という感情を押し殺して、

「そんなことないって！　あっしがアホやねん！」

あすかはそれ以上言わなかったけど、なにかしらその言葉で救われた。

私だけがへんだと思っていないいんだって……。でもあすかにそれを認めてしまうと、今まで押し殺してきた感情が出てきたら困ると思って、私はあえて否定した。

あの時の自分は、本当にグループはしんどくない！って言い聞かせてきた。で、実際本当にしんどいなんか思ってなかった。あの力はなんだろう⁉って今でも思う。私はしんどさに気づいていたはずなのに……でもそのころは思っていなかった。

でもその言葉をきっかけに、私は耐えきれなくなってきた。一人では抱えられなかった。

それからあすかには、悪口とかじゃなくて、なんかへんやわ！って話すようになっていた。それだけでもだいぶ心の余裕の大きさが違った。

心に抱えきれなくなったらどうしていたか……。

人に相談はしない子だったし、私はルーズリーフに詩を書いていた。書いているうちに怒りが込み上げてきて、何かにたとえてた自分の気持ちを、気がつくと実名で書いていた。

ある時、それをあすかが読んだ！　何かにたとえた自分の気持ちの部分をルーズリーフ四枚ぎっしり。

あすかは泣いてくれた。私は自分の気持ちを書いたことなど言ってないのに。あすかは私の今の気持ちを書いているのだとわかったみたいだ！

うれしかった。うれしいというよりは、救われた。

自分が書いた文章だけで理解してくれる。こんな友達みんなさんの周りにいますか？

めったに泣かない少女が私のことで泣く。

自分のことを話すのがへたな私にとって、文章で理解してくれるあすかが必要になっていった。

これを書いてるなかで、中学のころの自分がどんなに不器用な人間か思い出す。そんな不器用な人間が救われたのは、あすかがいてくれたからだと言っても過言ではない。あすかに話すことによって私は不器用さが少しずつなくなっていったのかもしれない。


私は一度だけ死を実行したことがあった。手首を深く切った。自分でもびっくりするぐらい切ってしまった。冷やすといいと思って、家を出た。

もし外で自分が死んでもいいように、あすかに電話した。

「あすか！　手首切っても～た」

「はぁ？　藍！　今どこにいるん？」

「外いるねんけど、大丈夫やろうけど、いちよ……」

あすかは泣いてくれた。私のことで泣いてくれる友達はほかにもいた。でもあすかの涙はなんか特別なものがあった。

私はいろいろあって病院に運ばれた。次の日あすかは神戸から朝いちにはるばる来てくれた。一緒に病院について来てくれた。ついて来る人がいなかったわけじゃない。彼氏もいた。でもあすかもいてくれた。

あすかは、藍が寂しいから、と思って来てくれたわけじゃない。あすか自身が私のことが心配だから来てくれたんだと思う。何も見返りなど求めてない……そんなあすかの気持ちがうれしかった。自分がいい人だと思われたいとかそんなんじゃない。

藍はいい友達もったね。神戸から電車で駆けつけてくれる友達なんかいないよって、彼氏のお母さんに言われた。私も心からあすかが恋しくなった。

あすかはみんなが言う親友なんかじゃない。

私はあすかといて、ただ笑ってただけだし、あまり語ったりもしない。

ただ一緒にいてお腹が筋肉痛になるまで爆笑してただけだし、大きな思い出は数えるぐらいしかない。普通に毎日あすかといた生活が思い出だし、何もたいしてやってもらってないし、たいして私もあすかにやってない。でも、救われた。

あすかは離れていても私の中で大きな存在だ。

あすかがこの世に存在してくれるだけで、私は助かる。そんな心の友だ！

もしこの先あすかと切れてしまっても、あすかは私にとって大きな存在で残るだろう。

エピローグ

今までいろんな人に私は出会ってきた。

そして今「田上藍」という人物がここにいるのは、今まで出会ってきた人すべてのおかげだと思ってる。

私が嫌いな人でも、私のことを嫌いな人も……


「藍は周りの人間に恵まれているな」と、友達やいろんな人から言われてきた。私は本音では「そんなことない」と思ってた。でも本を書くという機会を母からもらい、今までの短い人生をふり返ってみたときに、やっとわかった気がする。私は一人になることなどなかったし、家族ともなんだかんだ仲良くやってきたし、危機になっても何かしら救われてきた。

そして、私のことで泣いてくれる人はいっぱいいた。
今、あらためて言いたい。
私を支えてくれたすべての人に。「ありがとう」

この本を読んで、いろんな意見があると思う。
でもわかってほしい。こういう考えの人間も、この世に存在しているということを
……

私はこの本を書くにあたって自分という人間をあらためて見つめ、そして自分という存在を実感した。実感した〈イコール〉自分の命が大切なこと、大きな価値があるということを……

自分を見つめるというのは、なかなか難しい。真剣に時間をかけないと見つめられ

ないと思う。いろんな悩みごとがあるなかで、そんなこと考えている余裕がないのかもしれない。私は今までなかった。考えているつもりでも、今思うと空回りだった。だから是非自分自身を、まずは見つめてほしい。周りはそれからでいいんだ！今死を考えている人は、周りばかり見ていると思うよ！　一度自分を見つめてほしい。

と言っても、自分を見つめるというのは難しいことなのかもしれない。どういうことが自分を見つめるっていうことかわからないかもしれないから、私からアドバイス！

昔から今までの自分をたどっていってみて！

そうしたら今の自分の性格がどうしてできたのかわかると思う。そして自分自身を理解できると思う。自分をわかってあげるのは本人が一番だから！

「自分が一番」っていう言葉は悪いことじゃないんだよ！

自分が一番大切なことは、私からすればすばらしいこと。だって、なんだかんだ

「自分のことが嫌い」って言っても、自分が一番好きだという証《あかし》だもん！

自分自身を見つめていないからわからないんだよ！

あともう一つ言っとくね！

自分自身を好きにならないと人を好きになれないなんて嘘だから！

そういう人がいるのかもしれないけど、私は自分が嫌いな時期も本気で人を愛せたよ。

本気で人を愛してる、人を大切だと思う自分を見て、自分を好きになっていくこともある。人を好きになってから自分を好きになることもあるから……だからあせらないでいいんだよ！

それでも死を実行しようと思うならこう思って！

「貴方は一人じゃないから！」

今は一人でも、先を見てよ！

私も死にたいと思い、そして実行した。でも死ねなかった自分が憎かった。

あの時死ねたらって……

でもきっと、死ねなくても、死ねても、私は癒されていなかったと思う。どうしたら救われるか知らなかったから……私は一人じゃなかったのになぜか孤独感があった。自分を見つめ、そしたら周りが見えていき、自分の命が大切だと思った。だから癒される方法を死じゃなくほかの方法で考えた。今完璧に癒されていると言ったら嘘になるけど、昔よりはましになった。


人はいつか必ず死ぬんだから、それまで精一杯生きようよ！

【著者プロフィール】
田上　藍（たがみ・あい）
一九八六年二月、カナダ・バンクーバーで生まれる。
二歳半の時に帰国し、兵庫県宝塚市で育つ。
宝塚市立小学校・中学校卒業後、兵庫県立高校へ入学。
中学の三年間、外に向かって発散、反抗する方向に道をそれながら、
「非行」もふくめ、いろんな経験をする。
本書は、その中学校時代の体験や思いを、
一六歳の時、高校一年の終わりから約一年かけて書いたもの。
二〇〇二年一六歳で結婚、翌年二月に出産、一七歳で母となる。
育児と学業を両立しながら、将来の仕事や生き方を手探りしている。

14歳、思春期バトル

二〇〇三年五月九日初版発行
二〇〇三年六月九日二刷発行

著者――田上　藍
発行者――土井二郎
発行所――築地書館株式会社
東京都中央区築地七-四-四-二〇一　〒一〇四-〇〇四五
電話〇三-三五四二-三七三一　FAX〇三-三五四一-五七九九
振替〇〇一一〇-五-一九〇五七
ホームページ=http://www.tsukiji-shokan.co.jp/
組版――ジャヌア3
印刷・製本――株式会社シナノ
装丁――山本京子
カバー装画――城芽ハヤト

ISBN 4-8067-1263-9 C0095